POESIËS
MORALES
ET
CHRESTIENNES

De Monsieur DV PERRON LE HAYER,
Conseiller du Roy, & son Procureur au Bailliage
& Siege Presidial d'Alençon.

A PARIS,

Chez C. Savreux, Impr. de l'Eglise de Paris, au pied de
la Tour de N. Dame, à l'enseigne des trois Vertus.

M. DC. LX.
Avec Privilege du Roy.

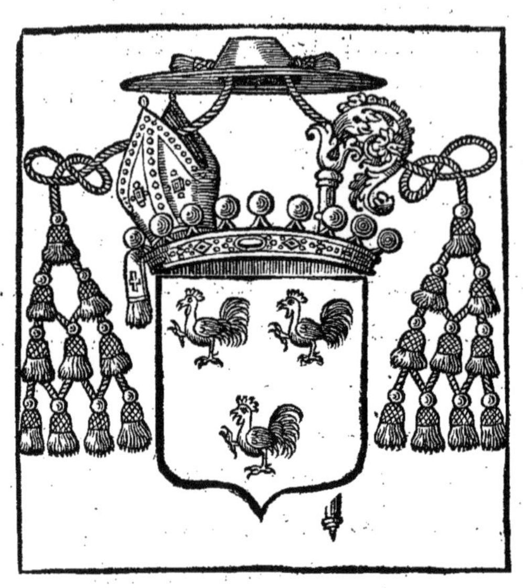

A MONSEIGNEVR

MESSIRE

FRANCOIS DE ROVXEL DE MEDAVY,

Evesqve de Seés, Conseiller du Roy ordinaire en ses Conseils d'Estat & Priué, Abbé de Cormeille & de saint André.

ONSEIGNEVR,

l'aurois eu mauvaise grace de faire voir au jour cet Ouvrage sous vn autre avœu que celuy de vôtre Nom ; & je n'aurois pû sans injustice, desirer vn autre Protecteur que vous, pour le defendre de la critique de ces libertins qui ne peuvent souffrir que des veritez

Morales & Chreſtiennes, ſoient le ſujet & l'argument
de nos vers. Comme il eſt vray, MONSEIGNEVR, que la
Poëſie eſt appellée le langage des Dieux, j'ay crû que
je me devois ſervir de ce qu'elle a de plus majeſtueux
& de plus beau, pour traitter d'vne matiere ſi excel-
lente. I'ay toûjours reconnu, MONSEIGNEVR, que
vous aviez pour ce noble genre d'eſcrire, vne affection particuliere ; & je puis dire avec ſincerité, que
ces belles productions de vôtre eſprit, que vous m'a-
vez fait l'honneur de me faire voir autrefois, ont toûjours allumé dans mon cœur vn deſir paſſionné de les
imiter, & de faire quelque choſe qui vous fuſt agreable. S'il eſt vray, MONSEIGNEVR, que cet Ouvrage
trouve quelque eſtime parmy les honneſtes gens, j'en
auray la ſeule obligation à vos bontez qui m'ont fait
connoiſtre mes deffauts pour les corriger, & qui
m'ont donné des idées que je ne pouvois découvrir,
ſans les belles clartez de vôtre eſprit à qui rien n'eſt
inconnu. Faites moy donc la grace, MONSEIGNEVR,
de recevoir fauorablement ces fruits de ma reconnoiſſance & de mon travail ; en attendant que je vous
témoigne par la ſuite de ma vie & de mes actions
que je ſuis,

MONSEIGNEVR,

Vôtre tres-humble & tres-obeïſſant
Seruiteur, DV PERRON LE HAYER.

AV LECTEVR.

I'Ay crû, Mon cher Lectevr, que j'eſtois obli-gé de vous entretenir en peu de paroles , & de vous dire mon ſentiment ſur la façon d'agir de ceux qui voyent les productions d'eſprit qu'on donne au public. Les vns s'appliquent à la lecture des Livres, dans le ſeul deſſein de ſe divertir & de paſſer le temps ; les autres ne les conſiderent que pour y remarquer des defauts, & pour faire connoître bien ſouvent par des obſervations ridicules, & par des cenſures peu rai-ſonnables, qu'il n'appartient qu'à eux de faire le bon ou le mauvais deſtin des ouvrages : & j'oſe dire que les perſonnes qui les voyent pour en profiter ſont en ſi petit nombre, qu'on auroit peine à le croire, ſi l'ex-perience ne confirmoit cette verité. Ie ne puis auſſi concevoir comme des hommes eſclairez , & qui ont receu de Dieu de ſi beaux talens , au lieu de les em-ployer pour ſon honneur, & pour l'inſtruction du pro-chain, s'efforçent de les aneantir , & de les profaner par des matieres indignes. En quoy certainement ils ſont coupables de la plus noire de toutes les ingrati-tudes. Il faut avoüer, Mon cher Lectevr , que nôtre Siecle produît de merveilleux Genies en l'vn & l'autre genre d'eſcrire , & que la France ſe peut van-ter aujourd'huy de ſes Philoſophes, de ſes Orateurs, de ſes Hiſtoriens, & de ſes Poëtes, comme l'Italie & la Grece ont fait autrefois des leurs. Et je ne croy

* *

pas que dans Rome , dans Athénes , & dans Corin-
the , on ait veu des Academies des Lettres plus fleu-
riſſantes qu'on en voit ſur ce Theatre de la Gloire &
de la Science.

Si Paris ſe peut vanter de cette illuſtre & celebre
Compagnie qui compoſe de ſi grands Auteurs , je puis
dire qu'il n'eſt pas ſeul dans le Royaume qui ait cet
avantage , & que la Ville de Caën qui eſt vn Semi-
naire de beaux eſprits , voit aujourd'huy dans ſon ſein
des plus fameux Poëtes , & des plus ſçavans hommes
qu'il y ait dans l'Europe. Si c'eſtoit mon deſſein de
faire icy l'éloge de tous nos excellens perſonnages , au
lieu de faire vn petit diſcours , je ferois des volumes
tous entiers , & la matiere ne me manqueroit jamais.
C'eſt pourquoy je ne diray rien de ces merveilleux
Caracteres des paſſions , qui par des mouvemens ſur-
naturels inſpirent tant d'amour pour la vertu , & tant
d'averſion & d'horreur pour les vices ; Ie ne veux point
auſſi exagerer l'hiſtoire de ces Heros , qu'vn des plus
dignes & des plus braves Gentilshommes du ſiecle a
compoſée. Ie laiſſe tous ces Poëmes induſtrieux , cette Pucelle d'Orleans , ce Clovis , ce Moyſe , ce ſaint
Loüis , cet Alaric , ce David , & tant d'autres encores
qui ont eminemment parû , & qui paroîtront toûjours. Qu'y a-t-il , MON CHER LECTEVR , de plus beau
pour le ſpirituel que ces Epiſtres de ſaint Paul , que
ces Paraphraſes & ces Pſeaumes que divers Auteurs
nous ont donnez ? Qu'y a-t-il de plus charmant que
cette Imitation de IESVS , qui paſſe pour vn miracle
dans nôtre Poëſie Chrêtienne ? Qu'y a-t-il de plus
divin que ce Poëme de la Vie de nôtre Sauveur IESVS-

CHRIST ? Qu'y a-t-il de plus touchant & de plus poly
que cette verfion de faint Profper ; que ces Solitu-
des Chrêtiennes, & que tous ces nobles & faints travaux qui font expofez à nos yeux par des gens qui ont
renoncé à toutes les vanitez du monde, pour inftrui-
re par leur exemple auffi bien que par leurs ouvrages
inimitables ? I'avoüe que je n'aurois pas eu la hardief-
fe d'efcrire apres de fi grands Hommes , fi je n'avois
efté follicité par les confeils d'vn tres-pieux & tres-
habile Ecclefiaftique , d'entreprendre la traduction
du liure de la connoiffance de la mifericorde de Dieu,
de la foibleffe & de la mifere de l'homme, qu'vn des
plus dignes Prelats du fiecle a mis en lumiere. Comme j'ay crû que la plus grande Reyne de la terre n'auroit point defagrable que je fiffe voir à fa Majefté dans
nôtre langue, l'incomparable ouvrage d'vn fujet du
Roy fon pere ; je me fuis laiffé perfuader par mon devoir & par mon inclination de dédier auffi ces Poëfies
Morales & Chrêtiennes à vn Prelat des plus fages, des
plus vertueux , & des plus fçavans que nous ayons.
Si je ne craignois de faire fouffrir fa modeftie , & de
manquer de refpect à fes commandemens , je fatis-
ferois mon efprit en publiant vne partie des belles
& des eminentes qualitez qu'il a. I'efpere qu'il aura
la bonté de n'eftre pas toûjours fi fevere en mon en-
droit , & qu'il me permetra de donner la liberté à
mes fentimens que je tiens captifs pour luy obeïr.
Au refte, MON CHER LECTEVR , je vous fupplie d'ex-
cufer les fautes que je puis avoir commifes ; les vnes
procedent de mon ignorance, & les autres ont pû fe
gliffer dans l'impreffion de ce Liure par des inadver-

tances qui sont ordinaires à ceux qui travaillent & qui
font travailler. I'aurois tort de me plaindre de celuy
à qui j'ay confié ces petits soins , c'est vne personne
de merite , & qui a toute l'affection & toute la fidelité qu'on peut desirer.   Adieu.

Vous excuserez, s'il vous plaist , quelques fautes qui sont sur-
venuës , & remarquerez que dans la page 23. on a divisé deux
dizains qui ne le doivent pas estre, & vous lirez dans la page 50.

Ainsi , pecheur , brize tes chaisnes ,
Pendant qu'vn Dieu benin veut écouter ta voix ,
Icy , ton cœur , du repos ou des gesnes ,
Peut encore faire le choix.

Vous lirez aussi au troisiéme vers de la page 55. *d'où* au lieu de *dont.*

A L'AVTEVR.

A L'AVTEVR

SONNET.

NOSTRE *Auteur qu'vn chacun admire,*
Montre par tout son jugement,
Et peut se vanter justement,
De sçavoir l'Art de bien écrire.

Soit qu'il se mesle de traduire,
Ou soit qu'il travaille autrement,
Il fait toûjours également,
L'on ne sçauroit jamais mieux dire.

Oüy, ses vers ont vn si beau tour,
Que si-tost qu'ils verront le jour,
Tous nos Auteurs voudront se taire,

Puisque seul, à ne point mentir,
Il a joint le secret de plaire,
A celuy de nous convertir.

DE CAMPION.

***

Extraict du Priuilege du Roy.

PAR Lettres Patentes du Roy données à Paris le 27. de Septembre 1660. Signées, MASSANNES, Il eſt permis à M. DV PERRON LE HAYER Conſeiller de ſa Majeſté, & ſon Procureur au Bailliage & Siege Preſidial d'Alençon, de faire imprimer, vendre & debiter dans tout le Royaume & terres de l'obeïſſance de ſadite Majeſté, vn Liure intitulé, *Poëſies Morales & Chreſtiennes, &c.* par tel Libraire ou Imprimeur qu'il voudra choiſir pendant l'eſpace de vingt années, à conter du jour que ledit Liure ſera acheué d'imprimer pour la premiere fois. Auec defenſes à toutes perſonnes de quelque qualité & condition qu'elles ſoient, d'en rien imprimer, vendre ny diſtribuer, ſous quelque pretexte que ce ſoit, ſans le conſentement de l'Auteur, ou de ceux qui auront ſon droict, à peine de trois mille liures d'amende, payables ſans deport par chacun des contreuenans; de confiſcations des exemplaires, & de tous deſpens, dommages & intereſts, comme il eſt plus amplement contenu dans leſdites Lettres.

Et ledit Sieur DV PERRON a cedé & tranſporté ſon droict de Priuilege pour le temps & aux clauſes qu'il contient, à Charles Savreux Marchand Libraire à Paris, pour imprimer vendre & debiter le Liure intitulé POESIES *Morales & Chreſtiennes,* ſelon ſon tranſport, du 6. jour d'Octobre 1660.

Regiſtré ſur le Liure de la Communauté des Marchands Libraires & Imprimeurs, ſuiuant les Arreſts. Signé, G. IOSSE.

Acheué d'imprimer pour la premiere fois le 8. d'Octobre 1660.

Les Exemplaires ont eſté fournis.

A MONSEIGNEVR

L'ILLVSTRISSIME ET REVERENDISSIME

EVESQVE DE SÉES.

P O E M E.

IE serois peu content du travail de ma plume,
Si le feu que l'amour dedans mon cœur allume
N'avoit placé ton Nom au front de mes escrits,
Pour leur donner l'esclat, l'ornement, & le prix.
Grand Prelat, ta vertu brille avec tant de gloire,
Qu'elle retient sa place au Temple de memoire :
Et quand on cessera de bien parler de toy,
L'Honneur, la Pieté, la Prudence, & la Foy,
Verront ensevelis leurs Oracles celebres,
Dans ces lieux que l'oubly noircit de ses tenebres.
Ne t'imagine pas que je veüille emprunter,
Les traits de tes Ayeuls pour te faire esclater;

Ton merite est vn champ si noble & si fertile,
Que ma Muse feroit vn effort inutile
De chercher autre part qu'en ta propre splendeur,
Dequoy faire briller ton illustre Grandeur.
Ton pere qu'on vanta par toute la Neustrie,
Pour estre l'ornement de sa chere Patrie,
Ne sera point fasché qu'en faisant ton portrait,
Je n'emprunte crayon, pinçeau, couleur, ny trait
De ses faits glorieux, & de sa belle vie
Qu'on ne peut icy bas regarder sans envie.
Il me pardonnera si dans cét entretien,
Je ne veux pas mesler son lustre avec le tien.
Je ne parleray point du redouté Fervaques,
On sçait bien qu'il soûtint de si chaudes attaques,
Et donna tant d'assauts combatant pour son Roy,
Qu'il signala toûjours son courage & sa foy.
Le bâton qu'il reçeut d'vn si puissant Monarque,
Est d'vn rare merite vne immortelle marque;
Et la France aujourd'huy luy dresse vn monument,
Qui suivra le destin des feux du Firmament,
Et qui ne finira qu'en voyant les Estoiles,
Cacher leur vif esclat sous d'eternelles voiles.
Quoy que ton Frere illustre ait plus de mille fois
Signalé sa valeur dans les Camps de nos Rois;
Quoy qu'il ait par des faits qui passent la créance,
Merité le bâton de Mareschal de France:
Je ne veux point parler de cette qualité,
Qui sert de recompense à sa fidelité,

Et

Et qui ne sert de rien à ce bon-heur extresme,
Qui te fait trouver tout, sans sortir de toy-mesme.
Mais comment oseray-je en suivant mon projet,
Envisager de prés vn si noble sujet!
Que diray-je de toy dans l'ardeur qui m'inspire,
Qui ne soit au dessous de ce qu'on en peut dire?
Grand & sage Prelat, permets à mon pinceau
De faire seulement vn racourcy tableau,
Où l'on puisse connoître, & le zele & la flâme:
Qui font si bien mouvoir les ressors de ton ame.
Comme on vit autrefois ces Gemeaux immortels,
A qui l'Antiquité consacra des Autels,
Vnis par des liens si forts, & si durables,
Que toûjours leurs destins furent inséparables:
Qu'ils combatoient par tout, qu'ils estoient en tous lieux,
Tantost pour leur Patrie, & tantost pour leurs Dieux.
De mesme l'on peut dire, ô Prelat magnanime!
Que cette noble ardeur qui t'excite & t'anime,
Dans le cœur de ton Frere agît si fortement,
Qu'elle fait en vous deux vn pareil mouvement.
Lors que Bellonne & Mars par d'invincibles charmes,
Porterent son genie à la suite des armes,
Le tien fut obligé de suivre auec plaisir,
Les premiers mouvemens d'vn si juste desir.
Dans les endroits fameux où la gloire l'appele;
Comme le plus bel or s'éprouve à la coupele,
Que la flâme l'épûre, apres l'avoir noircy,
Par le fer & le feu son cœur s'éprouve aussi.

*** * * ***

Il n'eſt point de peril, de marches, de campagnes,
Point de difficultez, où tu ne l'accompagnes;
Tu joins ta paſſion à ce noble tranſport,
Qui luy fait mépriſer, & la vie, & la mort.
L'intereſt de l'Eſtat t'eſt plus que ta perſonne,
Et tu ſçais preferer l'honneur de la Couronne,
A ton ſang, à toy-meſme, à toute ta maiſon :
C'eſt la loy que l'amour impoſe à ta raiſon.
Il faut aymer ton Roy d'vne paſſion forte,
Pour que tous tes deſſeins agiſſent de la ſorte :
Auſſi tu fais bien voir qu'il n'eſt point de ſujet,
Qui ſçache mieux que toy faire choix d'vn objet.
Tu veux ſervir à tous d'exemple & de modelle,
Et ta vertu nous fait vne leçon fidelle,
De ce que nous devons au juſte Potentat,
A qui le Ciel commet les reſnes d'vn Eſtat.
Iulles ce grand Athlas, qui ſeul ſur ſes épaules
A ſoûtenu long-temps tout le fardeau des Gaules,
Ce Miniſtre puiſſant de parole & d'effet,
Qui ne ſe trompe point dans tout le choix qu'il fait;
A voulu que ton œil fuſt témoin de ſes veilles,
Et que ton jugement admirât ſes merveilles :
Eſtre choiſi de Iulle eſt vn comble d'honneur,
Qui paſſe tout excez de gloire & de bon-heur.
Enfin digne Prelat tu ſuivis ce grand Homme,
Les delices de France, & l'ornement de Romme.
Tu vis l'activité de cet Aſtre divin,
Qui chaſſe le poiſon, & le mortel venin,

L'Evesqve de Sees.

De ce monstre chenu qui mange des viperes,
Et qui ne peut souffrir de fortunes prosperes.
Tu vis l'épanchement de ce cœur genereux,
Qui n'a point d'autre but que de nous rendre heureux;
Tu luy vis conjurer cette rage obstinée,
Qui s'opposoit au cours de nôtre destinée,
Qui fit ce qu'elle put pour se mettre en credit,
Et pour nous infecter de son soufle maudit.
Chaque difficulté que l'Enfer nous fait naistre,
Iulles en vient à bout, Iulles en est le Maistre,
Et ce puissant destin qu'il tient entre ses mains,
D'où dépend la fortune & le sort des humains,
Va rendre à deux Estats le repos & le calme,
En y faisant fleurir l'olive avec la palme.
Il sçait qu'il a besoin du pouvoir de l'amour,
Pour relever encor l'honneur d'vn si beau jour,
Et que pour établir vne Paix triomphante,
Le cœur de nôtre Alcide & le cœur de l'Infante,
Feront par vn Hymen auguste & solemnel,
Que l'vn & l'autre Empire ait vn heur eternel.
Comme ce grand Moteur, cette Majesté sainte,
Laisse agir les esprits sans force & sans contrainte,
Il veut qu'en liberté ce Heros puisse agir;
Il nous montre le Port où nous devons surgir,
Mais la difficulté se rencontre au passage:
Il veut vn guide seur, il veut vn homme sage,
Vn Pilote fidelle, vn grand & noble Chef,
Qui dessus cette mer conduise nôtre nef,

C'eſt tout dire, qu'il veut que ſa main, ſon courage,
Donnent le dernier trait à ce fameux ouvrage,
Et que malgré l'effort des Demons conjurez,
Et l'Hymen, & la Paix enfin ſoient aſſurez.
Prelat, quoy que mon cœur t'honore & te revére,
Je murmure pourtant contre vn reſpect ſevére,
Qui me fait obeïr à cette dure loy,
Qui m'empeſche d'écrire & de parler de toy.
Oüy, je ſuis obligé de quitter la partie,
Puiſque la verité bleſſe ta modeſtie,
Et que tu me deffens avec trop de rigueur,
D'expoſer en public ce que penſe mon cœur.
Quoy! ſi ta pieté que le Ciel favoriſe,
Porte ſi hautement l'intereſt de l'Egliſe,
Si dans ce tribunal a qui tout eſt ſoûmis,
Où regne avec ſplendeur la celeſte Themis,
Tu ſçais ſi puiſſamment proteger l'innocence!
Pourquoy n'auray-je pas cette juſte licence,
D'en orner mes eſcrits & d'en entretenir,
Et le Siecle preſent, & le temps à venir.
Juſqu'icy, grand Prelat, tu m'impoſes ſilence,
Mais ſi je t'obeïs c'eſt avec violance,
Et peut eſtre qu'vn jour mes reſpects & mes ſoins,
Feront mieux leur devoir en te deferant moins.

POESIES MORALES
ET CHRESTIENNES.

Mespris de la Vanité du Monde.

STANCES.

MON Dieu qu'il est heureux qui n'espere qu'en vous,
Et qui n'a point de soin que celuy de vous plaire !
Qu'on trouue en vous seruant que vostre joug est doux ,
Et qu'on a pour sa peine vn glorieux salaire !

La promesse du monde est vne fleur sans fruit ,
Ses desirs sont fondez sur l'onde & sur le sable ,
Au moindre changement son bon-heur est détruit ,
Et le bien qu'il nous donne est vn bien perissable.

L'éclat des vanitez est vn feu deçeuant
Qui jette peu de flamme & beaucoup de fumée ,
Sa lumiere s'esteint par vn soufle de vent ,
Et meurt au mesme instant qu'on la voit allumée.

Nous sommes enchantez par des objets pipeurs
Dont l'orgueil nous abaisse alors qu'il nous éleue ,
Leurs plus brillans éclairs ne sont que des vapeurs ,
Qui font voir en naissant que leur destin s'acheue.

A

Le torrent des plaisirs s'enfuit si promptement,
Qu'au mesme temps qu'il s'enfle on le voit disparestre,
S'il n'auoit le pouuoir de durer vn moment
On auroit bien raison de contester son estre.

Ce que l'on trouue icy de plus delicieux
N'est rien qu'illusion, que foiblesse, & mensonge,
Ce fast, cette grandeur, ces titres glorieux
Sont comme ces tresors que l'on possede en songe.

Il ne nous reste rien de ces feintes douceurs
Qu'vn sensible regret d'en auoir fait estime,
Quand le corps & l'esprit en sont les possesseurs,
L'esprit n'est pas long temps qu'il n'en soit la victime.

Ce que l'on voit icy n'est qu'vn ombre en effet
Des biens que les mortels possedent sur la terre,
Il ne s'en trouue point qui ne soit imparfait,
Et qui ne soit encor plus fragile qu'vn verre.

La Santé ne voit rien que d'vn œil de mépris,
La Pompe & la Beauté luy cedent l'auantage,
On peut dire qu'elle est vne pierre de prix,
Qui surpasse en valeur tous les tresors du Tage.

Mais Dieu ! qu'elle est sujete à d'accidens diuers,
Et que mal à propos elle s'en fait acroire :
Vn astre qui luy donne vn regard de trauers,
Ternît en vn moment tout l'esclat de sa gloire !

En qualité de Reyne on luy fait grand accueil,
On voit auec respect l'honneur qui l'enuironne :
Mais parmy cette pompe il ne faut qu'vn écueil
Pour briser tout d'vn coup son sceptre & sa couronne.

Tantost vn vent brûlant attaque sa beauté,
Et tantost vn vent froid la traite auec outrage ;
Ces mutins enuieux ont tant de cruauté
Qu'ils ne pardonnent pas aux lis de son visage.

Encor qu'à son bon-heur tous les biens soient soûmis,
Et que pour ses appas tout l'Vniuers soûpire ;
On peut dire pourtant qu'elle a des ennemis,
Dont les foibles efforts détruisent son Empire.

Il n'est point de sujet en ce triste séjour
Qui n'arreste le cours de sa bonne fortune,
Le Repos qui la charme & qui luy fait la cour
Vn peu de temps apres la choque & l'importune.

Dieu ! qu'on est abuzé quand on pense trouuer
Dans les amis du siecle vne amitié constante !
Si pour la moindre chose on les veut éprouuer
On est incontinent deçeu de son attente.

L'interest est l'idole à qui chaque mortel
Presente de l'encens, & veut bastir vn temple,
C'est à sa vanité qu'il éleue vn autel,
C'est elle qui luy sert de modele & d'exemple.

A ij

Il croit estre ignorant quand il n'est pas instruit
Par l'infidelité de ses lâches maximes,
Et lors qu'il les connoist, sa science produit
Une source d'erreur, de mensonge, & de crimes.

Mon Dieu, que la franchise est une qualité
Qu'on trouue rarement dans le siecle où nous sommes!
Il semble que l'orgueil, & l'infidelité,
Ne soient qu'un méme esprit qui regle tous les hommes.

Quand nous considerons auec trop de plaisir
Les perfides appas d'une beauté mortelle,
L'aueuglement succede à nostre vain desir,
Et nous perdons l'esprit en soûpirant pour elle.

Aussi-tost que la mort a décoché ses traits
Où l'amour reposoit sans contrainte & sans peine,
Ce port majestueux, ces aymables atraits,
Se changent tout d'un coup en des objets de haine.

Ce front qui faisoit honte à la blancheur des lis,
Qui paroissoit encor plus poly qu'une glace,
A perdu ses appas qu'on voit enseuelis
Dans ces pasles sillons, où l'horreur prend sa place.

Cét œil qui se piquoit d'estre toûjours vaincœur,
Qui receuoit les noms de Roy, de Ciel, & d'Ange,
Comme il fut le premier à seduire le cœur,
Est aussi le premier dont la Parque se vange.

Vn

Vn soufle violent esteint ce clair flambeau ,
Il est enuironné d'vne nuit eternelle,
Et quand pour sa demeure on luy donne vn tombeau,
Mille vers affamez, luy mangent la prunelle.

Luy qui sembloit jetter des traits assez puissans
Pour ne craindre jamais que la mort les pust rompre,
Luy qui fut si subtil à corrompre les sens ,
Est encor plus facile à se laisser corrompre.

Ces lévres qu'on flatoit d'eloges specieux ,
Qui montroient des beautez nouuellement escloses.
Ne produisent plus rien d'agreable à nos yeux,
Puisqu'elles ont perdu leurs œillets & leurs roses.

Vrayment auec justice on leur peut reprocher
Que la seule disgrace est tout ce qui leur reste,
Qui s'estimoit heureux d'en pouuoir approcher ,
N'en sçauroit plus souffrir la presence funeste.

Enfin ce corps n'est plus qu'vn spectacle d'horreur,
Qu'vn déplorable tronc reduit en pourriture,
C'est là que le destin imprime sa fureur,
Et c'est là que les vers prennent leur nourriture.

Faut-il, Dieu de mon ame , arbitre de mon sort,
Que ces petits riuaux partagent nos conquestes ?
Et que leur passion s'exerce apres la mort
A posseder encor de miserables testes ?

Faut-il que nous jettions de si brûlans soûpirs
Pour vn amas confus de pouſſiere & d'ordure,
Faut-il qu'vn peu de glace échauffe nos deſirs,
Et que nous adorions vne fauſſe peinture.

O mon Dieu, mon Sauueur, mon vnique ſecours,
A qui ma volonté ſe va rendre aſſeruie,
Faites que vos beautez ſoient mes ſeules amours,
Faites que voſtre mort me redonne la vie.

Ie ſçay que pour vous plaire, & pour vous bien aymer,
Il faut que je m'inſtruiſe à me haïr moy-méme,
Qu'autre feu deſormais ne me doit enflammer
Que celuy qui viendra de voſtre amour extréme.

I'attens voſtre ſupport, vous me l'auez promis,
Plus il vient de bonne heure & plus il eſt vtile,
I'ay mes ſens contre moy, ce ſont les ennemis
Qui portent dans mon cœur vne guerre ciuile.

Ie n'apprehende rien ſi vous gardez ce cœur,
Le plus cruel aſſaut y ſera ſouſtenable,
Vous en eſtes le maiſtre, & l'abſolu vaincœur;
Puiſqu'il vous appartient c'eſt vn fort imprenable.

ELEGIE.

CESSONS de soûpirer pour ces idoles vaines
Qui font injustement le sujet de nos peines ;
Sage & constant amy ne donnons plus d'encens
A ces fausses clartez qui seduisent les sens.
Ces guides incertains n'ont des regards propices
Que pour nous engager dedans les precipices,
Leur plus grande faueur est vn funeste écueil
Où toûjours la raison rencontre son cercueil.
Le Ciel veut que nos cœurs soient de pures victimes
Qui ne fassent jamais que des vœux legitimes ;
Qui ne forment jamais que de justes desseins,
Et que tous nos desirs soient vertueux & saints.
    Depuis que nous vogons sur l'ocean du monde,
Où le vent brüit sans cesse, où le tonnerre gronde,
Où la tempeste regne en pleine liberté,
Et fait voir des brizans l'indomptable fierté.
De combien de vaisseaux combatus par l'orage
As-tu veu le debris & le fameux naufrage ?
Combien de flots cruels, combien de vents mutins
Ont fait dessous les eaux de malheureux destins ?
O Dieu ! cher Agathon, que depuis peu de lustres
Nous auons veu perir de Braues & d'Illustres !
Tel qui fut au sommet d'vne auguste grandeur
Qui fut enuironné de gloire & de splendeur,
Sent du fer d'vn bourreau l'ateinte impitoyable,

Et fait voir en mourant vn objet effroyable.
Tel qui parle , & qui rit , est le joüet du sort,
Et son ris bien souuent est le ris de la mort.
Qu'on voit en peu de temps de maisons desolées!
Qu'on voit chez les plus grands de tristes mausolées!
Cette fille sans yeux , ce fantôme peruers
Dont l'inuisible faux dépeuple l'vniuers ,
Par des coups differens décharge sa colere ,
Dessus tous les objets que le soleil éclaire.
Vne rare Beauté les delices des cœurs ,
Qui triomphoit de tout par ses attraits vaincœurs,
Dont la mort en vn jour fit perir tous les charmes,
Est depuis deux hyuers la cause de nos larmes.
Aussi-tost qu'elle apprend par vn fatal discours
Qu'vn frere qu'elle aymoit à finy ses beaux jours,
Et qu'il n'a pû flechir la Parque inexorable ,
Elle ne peut suruiure à son sort déplorable :
Ainsi dans vn moment ce bel Astre s'enfuit
Et couure ses rayons d'vne eternelle nuit.

*   O facheux accident! ne vois-je pas encore*
Qu'vne nouuelle Fleur qui ne faisoit qu'esclore,
Qu'étaler les tresors d'vn émail precieux,
Tombe dessous la faux de ce Monstre sans yeux?
Cette jeune beauté , cette charmante fille ,
L'honneur & l'ornement d'vne illustre famille ,
Qui brilloit à nos yeux comme vn diuin flambeau
Auprés de son Hymen rencontre son tombeau.
Elle meurt en parlant sans méme qu'on soupçonne

Que

Que le moindre accident en veüille à sa personne,
Quand son œil est ouuert & qu'il semble qu'il dort,
Il est enseuely dans l'ombre de la mort.
Vne mere est témoin de ce coup lamentable,
Et la Parque à ses yeux se rend épouuantable;
Cét orage impreueu qui créve en vn instant,
Et qui feroit fremir le cœur le plus constant,
Laisse agir son esprit qui regle sa prudence,
Selon les loix du ciel & de la Prouidence.
Et quoy que son ennuy qu'on ne peut exprimer
Sous le faix des douleurs tâche de l'oprimer,
L'amour qu'elle a pour Dieu l'oblige à se resoudre
De soûtenir l'effort d'vn si grand coup de foudre.
Elle benît le trait qui luy perce le flanc,
Et soulage son mal par des larmes de sang.
On voit auprés du lit d'vn déplorable Pere
Vn amant qui gémit & qui se desespere,
Qui voit auec mépris la lumiere du jour,
Depuis qu'il a perdu l'objet de son amour.
O trop seueres loix ! ô funeste auanture !
L'vn se plaint à l'amour, & l'autre à la nature,
De ce qu'ils ont voulu precipiter le cours
D'vn astre qui deuoit les éclairer toûjours.
Mais tu sçais Agathon, que l'insolente Parque
Qui ne respecte pas le plus puissant Monarque,
Et qui foule à ses pieds l'orgueil & la valeur,
Ne nous fournit que trop d'exemples de malheur.
Ne te semble-t'il point que j'interromps ma course?

C

Que je veux preferer les ruisseaux à leur source,
Que je quitte vn chemin fameux & plein d'appas,
Pour prendre des sentiers que l'on ne connoist pas.
Les traits particuliers de quelque noble histoire
S'impriment dans les cœurs auecque plus de gloire,
Et font dans les esprits des effets plus puissans,
Qu'vn sujet general qui touche peu les sens.
Croy moy, mon cher amy, le mal & la soûfrance
Ne sont que des effets de nostre indifference,
Nous n'auons point de peine à parer à leurs coups
Lors que nostre destin les éloigne de nous.
Ce qui tourmente autruy ne nous paroist qu'vn songe,
Nous nous diuertissons du chagrin qui le ronge :
Mais nous ne sçaurions voir sans changer de couleur
Les moindres accidens que fait nostre douleur.
Et les biens, & les maux ont autant de visages
Que nos esprits en font de differens vsages,
Ils sont si déguisez que par vn choix fatal
Le plus souuent au bien nous préferons le mal.
Oüi, fidelle Agathon, nostre aueugle ignorance
Nous fait quitter l'effet pour prendre l'apparence,
Nous sommes incertains au choix que nous faisons,
Et nous nous abusons par de foibles raisons.
Tous ces biens éclatans qui flatent la nature
Sont comme ces tresors que l'on voit en peinture;
Ils n'ont rien de solide, & leur plus beau destin
Se trouue renfermé dans le cours d'vn matin.
Pourquoy donc embrasser vne vapeur, vne ombre,

Quitter vn feu brillant pour vne clarté sombre ?
Pourquoy suiure vn party qui ne peut subsister
Contre le moindre effort qui luy veut resister ?
Ces vains charmes des sens , ces pompes, ces delices
Sont bien moins des faueurs , qu'ils ne sont des supplices,
Et l'assouuissement d'vn injuste desir
Est toûjours le sujet d'vn cruel déplaisir.
Voyons , cher Agathon, ce que peuuent les hommes
Quand le sort les reduît dans l'estat où nous sommes ?
C'est aymer la franchise , & la sincerité
Que de n'auancer rien contre la verité,
Que d'instruire le cœur à tenir vn langage
Qui soit de la candeur le symbole & le gage.
Et bien, n'est-il pas vray que nous touchons de prés
Ces lieux qui sont parés de funestes cyprés ?
Sommes nous pas voisins de la saison fatale
Où ce Vieillard chenu tous ses glaçons étale?
Il est temps de pouruoir par de fidelles soins
A cette fin derniere où nous pensons le moins.
Apprenons de bonne heure à nous laisser instruire
Par le méme sujet qui s'en va nous détruire.
La mort est eloquente , elle préche sans fard,
Et ne sçait ce que c'est que des regles de l'art.
Elle fait à nos sens vne juste querelle,
Et sa façon d'agir est pure , & naturelle,
Ses traits sont si certains qu'ils frapent droit au but,
Et nul n'est dispensé de luy payer tribut.
Faisons de bonne grace vn chemin qu'il faut faire,

Et puisque nous n'auons que cette vnique affaire,
Demandons la faueur & le secours d'en-haut
Pour obtenir du Ciel de mourir comme il faut.
Ne sacrifions plus à ces beautez mortelles
Qui tirent vanité qu'on soûpire pour elles :
Mais donnons tous nos soins à cét Estre immortel
Qui veut que nous soyons son temple & son autel,
Et que d'vn feu diuin son feu nous enuironne.
Il veut que nous portions le sceptre & la couronne,
Et pour recompenser nostre fidelité
Il nous promet la gloire & l'immortalité.

STANCES.

ADIEV lasches & vains plaisirs
Dont les approches sont mortelles,
Adieu voluptez infidelles
Sources des injustes desirs.
Adieu je renonce à vos charmes,
Et mes yeux verseront des larmes
Pour effacer les traits qui m'ont blessé le cœur;
Non, je ne croiray plus à de foibles paroles,
Ie rompray toutes mes Idoles,
Et s'il plaist à mon Dieu j'en seray le vaincœur.

Faut-il que le deréglement
Ait toûjours esté dans mon ame ?
Faut-il qu'vne legere flâme

Ait causé mon aueuglement ?
L'image d'vne clarté sombre,
Vn songe, vne vapeur, vne ombre
Ont eu l'autorité d'assujettir mes sens ;
Contre des ennemis de si grande importance,
Helas ! pour toute resistance,
Ie ne me suis armé que de traits impuissans.

Ces feux dés le premier abord
Se pouuoient reduire en fumée,
Leur clarté n'étoit allumée
Que pour ceder au moindre éfort.
Mais quoy, bien loin de me contraindre,
De jetter l'eau pour les éteindre,
Ie n'ay rien épargné pour leur étre soûmis ;
Ie leur ay toûjours fait vn accüeil favorable,
Mon Dieu, c'est étre miserable
D'avoir si bien traitté vos cruels ennemis ?

Oüi ces feux au commencement
N'étoient que de simples phantômes,
Qui firent d'vn amas d'atômes
Leur naissance, & leur fondement :
Mais par la suitte des années,
Et par mes langueurs obstinées
Ils firent dans mon cœur vn progrés merveilleux ;
De Monstres qu'ils étoient de petite stature,

D

Malgré l'ordre de la nature,
Ils devinrent bien-tost des Geans sourcilleux.

Seigneur, ma gloire & mon support,
De moy je ne puis rien pretendre,
Mais de vous je dois tout attendre,
Puisque vous seul estes mon Fort.
La grace forgera des armes
De vôtre sang & de mes larmes,
Cette fille du Ciel les mettra dans ma main;
Et lors je cüeilleray des palmes immortelles
Sur le tombeau de ces rebelles
Dont les plus doux appas n'ont rien que d'inhumain.

He bon Dieu! que je suis fasché
D'avoir défiguré mon étre!
Que mon esprit n'ait eu pour maître
Que l'exercice du peché!
Abysme de misericorde
Si vôtre bonté ne m'accorde
La hayne & le mépris des objets criminels,
Si je profane encor ces brillantes lumieres
Qui m'ont deßillé les paupieres,
Qui pourra m'exempter des braziers eternels?

Souvenez vous, ô Dieu d'amour,
Que je suis fait à vôtre image,

Que mes sens vous rendent hommage,
Et que mon cœur vous fait la cour,
Quoy que mon amour soit extréme;
Ce n'est qu'à cause de vous méme,
Mon ame vous adore & revére en tout lieu,
Ie ne m'attache à vous de toute ma puissance
Que pour vôtre divine essence,
Et parce qu'il est vray que vous estes mon Dieu.

ELEGIE.

EN voyant les attraits d'vne beauté mortelle,
Son déplorable sort fait que j'ay pitié d'elle,
A l'aspect de ses yeux je change de couleur,
Et je sens dans mon ame vne extréme douleur.
Quand je pense au débris dont le Ciel nous menace,
Que l'onde où nous flotons n'a jamais de bonnace,
Et qu'il faut obeïr à ce fatal decret
Qui prend l'vn en public, qui prend l'autre en secret,
Qui ne pardonne à rien, & qui seul est le maître
De tout ce qu'icy bas la nature a fait naître:
Delphine c'est pour vous, encor plus que pour moy
Que je crains la rigueur de cette dure loy.
Considerez l'horreur dont la Parque est suiuie
Lors qu'elle a triomphé de la plus belle vie;
Pensez en quel état le corps sera reduit
Quand il sera couuert d'vne eternelle nuit.

D ij

Les graces & les ris vous laiſſent en partage
Ce qu'ils ont de douceur, de gloire, & d'auantage,
Ie l'avoüe, il eſt vray; mais ne pretendez pas
Que la mort pour cela reſpecte vos appas.
En peu de jours d'icy vous luy rendrez les armes,
Et ſa faux détruira l'empire de vos charmes.
Ie veux que vous ayez à viure ſoixante ans,
Delfine, helas bon Dieu! ce n'eſt qu'vn peu de temps.
Ce terme qui vous ſemble infiny dans ſon nombre
N'eſt pourtant qu'vn éclair qui paſſe comme vn ombre.
Vn neant déplorable à ſon deſtin eſt joint,
Prés de l'eternité ce terme n'eſt qu'vn point.
Ainſi preparez-vous à ces metamorphoſes
Que la Parque fera de vos lys, de vos roſes,
De ce teint delicat, du brillant deſ ces yeux
Qu'on nomme ſi ſouuent des ſoleils & des Dieux.
Oüi, ces yeux dont l'éclat brille avec tant de gloire
Seront bien-toſt cachez ſous vne tombe noire,
Où l'inſecte cruel par vn ordre fatal
Détruira tout d'vn coup leurs globes de criſtal.
Pour Dieu, regardez-vous au travers de ces voiles
Où le ſort fait tomber les plus grandes étoilles,
Qui ſemblent trébucher du haut du firmament
Pour cacher leur clarté deſſous vn monument.
Dans ce triſte cachot plein d'horreur & de glace,
Où la mort vous prepare vne funeſte place,
Vous ſerez expoſée aux outrages divers
Que cauſent à l'envy les ſerpens & les vers.

O Dieu

O Dieu quel accident ! quelle étrange avanture !
Quoy, Delfine autrefois l'honneur de la nature,
Les delices des cœurs , & leur pierre de prix,
Sera dans peu de temps un objet de mépris.
Delfine en verité je plains vôtre infortune.
Mais quoy ! vous affranchir de cette loy commune,
Vous flatter d'un eloge & d'une qualité
Qui pûssent aspirer à l'immortalité ;
Seroit mettre en credit la vanité d'un songe,
Et ne condamner pas l'erreur & le mensonge.
Ie croy que ce tableau ne vous déplaira pas,
Quoy qu'il soit dépourveu de graces , & d'appas,
Le zele qui l'anime obligera vôtre ame
A reflechir souvent dessus ces traits de flâme.
Ce qui paroist hydeux ne l'est pas en effet,
Puisqu'il produît en nous un sentiment parfait ;
Qu'il nous apprend à vivre & qu'il nous fait connêtre,
Qu'on meurt dés le moment que l'on commence à naître.
Il n'est rien de si doux , il n'est rien de si beau,
Que de se preparer à faire son tombeau.
Ces facheux accidens qui suivent la mort bléme
Nous forcent châque jour à rentrer en nous méme.
Helas ! il faut mourir pour ne mourir jamais,
Et combatre ses sens pour aquerir la paix.

POESIES CHRESTIENNES.

STANCES.

IESVS, que vous estes puissant !
Que vôtre Croix est salutaire !
Et que je suis heureux lors que mon cœur ressent
L'aymable impression de vôtre caractere !

Source d'vn bien qui m'est si doux,
Où souvent mon ame se plonge,
Sur le foible travail que j'entreprens pour vous,
Passez & repassez vôtre divine éponge.

Helas ! je fais ce que je puis
Pour apprendre à tous vos merveilles,
Mais je ne feray rien dans l'estat où je suis
Si vous ne benissez mes travaux & mes veilles.

Ie ne cherche que vous, Seigneur,
Dans le dessein de cét Ouvrage,
Ie suis recompensé d'vn souverain bon-heur
Si vôtre Passion anime mon courage.

Il faut qu'vn noble & digne fruit
Soit la fin de mes esperances,
Il faut, ô mon Sauveur, que je sois bien instruit
Dans la divine loy de toutes vos souffrances.

Prenez plaisir de me toucher,
J'ay recours à vôtre clemence,
Quand mon cœur & mes yeux seroient comme un rocher,
Vous en feriez sortir des pleurs en abondance.

C'est à vous seul que je me rens,
Et c'est vous seul que je demande,
Encor que mes pechez soient infiniment grans,
Vôtre misericorde est encore plus grande.

Tant plus que je suis criminel,
Et tant plus j'ay besoin de grace,
Helas, j'ay bien besoin, ô Sauveur eternel,
Que vous me releviez quand le mal me terrasse.

Ie puis sans vous, tomber à bas,
Et faire une chûte mortelle,
Mais sans vôtre secours je ne puis faire un pas,
Qui me puisse conduire à la gloire eternelle.

Si vous ne me donniez la main
J'aurois beau croupir dans l'ordure,
Le vice originel m'a rendu si mal sain
Que tout ce que je prens se change en pourriture.

Rien que vous ne me peut nourrir
Vous estes ma seule substance,
Rien que vôtre bonté ne me peut secourir
Et rien que mon peché ne vous fait resistance.

STANCES.

SEIGNEVR, *si vous guidez ma plume,*
Et si vôtre feu me consume
Mes ouvrages seront parfaits :
Il n'appartient qu'à vous de faire des miracles,
Vous pouvez rompre mes obstacles,
Et puis j'exalteray la gloire de vos faits.

Vouloir discourir ou me taire
Sans vôtre divin ministere,
C'est vouloir sans aisles voler,
La grace qui nous force à garder le silence
Par vne douce violence,
Surpasse quelquefois celle qui fait parler.

Seigneur, je suis à vôtre Escole,
Soit que vous guidiez ma parole,
Où que vous reteniez ma voix :
Tout m'est indifferent pourveu que je vous plaise,
Que je parle, ou que je me taise,
Ie soûmets l'vn & l'autre à vos divines Loix.

Ie suis dans vn comble de joye
Si vous m'enseignez quelle voye
Doit eslire ma volonté,

Faites

Faites qu'elle ait pour vous de la force & du zelle;
Mon Dieu, qui vous ayme est fidelle,
Et vous estes le prix de la fidelité.

Que c'est vne belle science
De n'auoir point de confiance
Qu'au merite de vos douleurs!
Sans vous je ne sçaurois vous adresser ma plainte,
Il faut vne aymable contrainte
Pour obliger mes yeux à vous donner des pleurs.

Que c'est vne sainte prudence
D'adorer vôtre Providence,
Et de se regler par sa loy!
Vouloir ce qu'elle veut, est vouloir toute chose;
Accomplir ce qu'elle propose,
Est marquer son respect, son amour & sa foy.

Ne me faites pas ce reproche
Que j'ay pour vous vn cœur de roche,
Et pour le monde vn cœur de chair;
Preparez, ô mon Dieu, vôtre oreille à m'entendre,
Et ne me faites pas épandre
De ces foibles soûpirs qui se perdent en l'air.

Quand vous cessez de me conduire,
De m'exhorter, & de m'instruire,
Bien-tost mon mal s'en apperçoit;

F

Dans un abyſme impur ma pauvre ame ſe plonge,
Et je ſuis ſi plein de menſonge,
Que ma bouche dément ce que mon cœur conçoit.

Ne ſouffrez pas que ma licence
Abuſe de vôtre Puiſſance,
Que je ne la force jamais :
Plûtoſt que d'endurer que le moindre blaſphéme,
Vous faſſe agir contre vous-méme :
Que ma langue, Seigneur, s'attache à mon palais.

Détournez de moy cette embûche
Où ma fragilité trebuche,
Qu'au Ciel mon œil ſoit attaché ;
Que mon cœur pour vous ſeul inceſſamment ſôûpire,
Et que j'accepte vôtre Empire
En ayant de l'horreur de celuy du peché.

Ma playe eſt encor ſi recente
Qu'au moindre objet qui ſe preſente
Elle ſaigne, & ſe veut r'ouvrir ;
Si par quelque accident un trait bleſſe mon ame,
O grand Dieu, ſoyez ſon dictame,
Et que vôtre vertu la vienne ſecourir.

STANCES.

SOVSPIRS de douleur & d'amour,
Guidez par vne main puiſſante,
Apprenez aux valons, aux rochers d'alentour
Le doux tranſport qui me tourmente.

Et vous, mes yeux, dites à ces ruiſſeaux,
Qu'ils doivent accroiſtre leurs eaux
Des pleurs que vous verſez auec tant d'abondance;
Ce IESVS qui vous ſert d'appuy
Veut que vous faſſiez penitence,
Et que vous pleuriez comme luy.

Il s'eſt chargé de tous nos crimes,
Et ſes travaux ſont les victimes
Qu'il offre à ſon Pere Eternel:
Iamais amour ne fuſt ſi grande,
Qu'vn Dieu ſe donnât pour offrande,
Qu'il fut également la victime & l'autel.

Reconnoiſſons bien les faveurs
D'vne bonté ſi liberale,
Et rendons luy des vœux, des ſanglots & des pleurs,
Pour les treſors qu'il nous étale.

Il veut le cœur, ne luy refuſons pas,
Ny ſes attraits, ny ſes appas,

Qui mieux qu'autre parfum l'embaumët & le charment:
Si par fois il entre en couroux,
Ses gemissemens le desarment
Et sa douleur rabat ses coups.

Sauveur que vous estes aymable!
Que nostre nature est coupable
De n'aymer pas un Dieu si bon;
Vous nous offrez une couronne,
Vous nous donnez vôtre personne,
Il falloit estre un Dieu pour nous faire un tel don.

S T A N C E S.

NE m'abandonnez pas à ma propre conduite,
Et soyez toûjours à ma suite,
Seigneur, je n'espere qu'en vous;
Donnez moy, s'il vous plaist, les armes necessaires
Pour combatre mes aduersaires,
Et puis je les déferay tous.

Avec vôtre support ma force est invincible,
Ie ne trouve rien impossible
Quand vôtre grace me deffend;
Ie suis victorieux lors qu'elle m'environne,
Mais si-tost qu'elle m'abandonne
Ie suis plus foible qu'un enfant.

Ma

Ma libre volonté prendra toûjours le pire,
Si vôtre bonté ne l'inspire,
Et n'est son vigoureux soûtien :
Ie suis seul, ô mon Dieu, l'auteur de ma ruïne,
Et vous seul la source divine
D'où sort, & découle mon bien.

Tout le bien que je fais ne vient pas de moy-méme,
Seigneur, vôtre bonté supréme
Luy donne l'estre, & le produit ;
Cette rebellion où le malheur m'engage,
Se peut dire mon seul ouvrage,
Ie suis seul qui porte ce fruit.

Ayez pitié, mon Dieu, des travaux que je souffre,
Et retirez mes pas du gouffre
De mensonge & de vanité ;
Faites moy concevoir l'horreur de mes malices,
Et ce que c'est que des supplices
Qui durent vne eternité.

Ie suis si plein d'orgueil, que souvent je m'impute
Ce que vôtre main execute ;
Ie n'ay rien, & croy tout avoir ;
Je manque de vigueur, de conseil & d'adresse ;
Et mon esprit a la foiblesse
De croire qu'il a du pouvoir.

G

Que je suis éloigné de ce que je propose!
Helas! quand je fais quelque chose,
Tout le mal que je fais est mien;
Ie puis aveuglément me jetter dans l'abîme;
Ie puis seul commettre le crime,
Et ne puis seul faire le bien.

Mon Dieu, je suis forcé dans le mal que j'endure,
De me plaindre de ma nature
Que le peché tient sous sa loy:
Ie ne voy rien par tout qui ne me soit contraire,
Le Ciel me regarde en colere,
Et je suis mesme contre moy.

Defendez à mes sens de vous faire la guerre,
Mon Sauveur, renversez par terre
Les complots de ces factieux:
Enseignez moy si bien à vous aymer & craindre,
Que l'amour me puisse contraindre
A vous rechercher en tous lieux.

Faites que je vous trouve, ô Sauveur de mon ame,
Et que sur des aisles de flâme
Ma foy s'éleve jusqu'à vous:
Faites qu'en vous trouvant par vn comble de grace,
Mon cœur vous serre, & vous embrasse,
Et qu'il soit percé de vos clous.

ELEGIE.

OBIET de mes defirs, & de mon efperance,
Seigneur, en qui je mets toute mon affurance,
Que c'eft mal vous aymer & vous faire la cour
Alors qu'en vous aymant, on ne meurt pas d'amour!
Quoy, n'aymer pas vn Dieu qui pour laver mon crime
Verfe pour moy fon fang, fe fait pour moy victime,
Qui quitte le fejour de fa divinité
Pour efpoufer ma peine, & mon humanité?
Quelle haine fe peut égaler à la nôtre?
Et quel amour auffi peut eftre égal au vôtre?
L'horreur de mon peché par vn fanglant effort
Vous livre mille affauts, & vous donne la mort.

L'excez de vôtre amour tient la mort affervie,
Et par elle, mon Dieu, vous me rendez la vie,
Ocean de grandeur, que je me pers en vous!
Qu'il eft vray que vos flots font amoureux & doux!
Vôtre amour eft plus grand que ne font vos fupplices,
Et vos bontez encor furpaffent mes malices.
Faites que vôtre appuy m'accompagne toûjours,
Que vôtre œil foit mon guide, & mon ferme fecours.
Répandez dans mon cœur des rayons falutaires,
Qui captivent mes fens fous vos divins myfteres;
Si vous m'abandonnez, je n'ay plus de foûtien;
Vous eftes mon fupport, fans vous je ne puis rien.

Ma fole paſſion eſt vne aueugle guide,
C'eſt vn cheval fougueux, retenez luy la bride.
Helas ! je ſuis perdu ſi vous ne m'apprenez,
Comme il faut retenir mes deſirs effrenez.
De moment en moment ma volonté rebelle
A beſoin de ſecours & de grace nouvelle ;
Elle n'agira point pour ſon vtilité,
Si vous ne l'appuyez de vôtre autorité.
Prevenez-la, Seigneur, de vos amoureux charmes,
Elle n'a pas beſoin de plus puiſſantes armes.
C'eſt la façon d'agir dont vôtre amour ſe ſert ;
C'eſt vous qui la ſauvez, c'eſt elle qui ſe pert.
Faites, mon doux IESVS, que dans vn libre empire,
Le party qu'elle prend, ne ſoit jamais le pire,
Qu'en tâchant de vous plaire, & de vous reverer,
Son choix juſqu'à la fin puiſſe perſeverer.

STANCES.

IESVS, mon vnique eſperance,
Ie vous invoque à deux genoux,
Quelle rigeur ! quelle ſouffrance,
De ne pouvoir mourir pour vous ?

Enſeignez moy ce qu'il faut faire
Pour vous ſervir fidellement,
Helas ! je n'ay que cette affaire,
Les autres ne ſont que du vent.

Que j'ay honte d'estre l'esclave
De mes infames paßions,
Et de faire ainsi le faux brave
Contre vos inspirations.

Helas, Seigneur, souvent je veille,
Pour rencontrer vn mauvais sort;
Et souvent außi je sommeille
Dans les tenebres de la mort.

Le cruel party qui m'outrage
Fait vœu de m'outrager toûjours;
Ie n'ay ny force, ny courage,
Seigneur, venez à mon secours.

Comment pourray-je me defendre
Contre des ennemis si forts?
Helas! je ne puis entreprendre
De resister à leurs efforts.

Icy tout me choque & me bleße,
En commençant je suis si las;
Que pour avoir trop de foibleße
Ie ne puis mesme faire vn pas.

Seigneur, j'ay besoin de vôtre ayde,
Hastez vous car je n'en puis plus;
Il faut vn souverain remede
Pour guerir vn homme perclus.

H

Ce qui m'anime & me confole
Dans les fers qui m'ont attaché;
C'eft qu'il ne faut qu'vne parole
Pour me détacher du peché.

Dites là, Seigneur, je vous prie,
Vous me la faites defirer;
Puifque je pleure & que je crie,
I'ay fujet de bien efperer.

Doux IESVS, mon ame demande
A vous avoir pour fon Efpoux,
La faveur qu'elle veut eft grande,
Mais elle ne veut rien que vous.

Oüy, je me donne à vous pour gage,
Que je vis plus en vous qu'en moy;
Voulez, vous d'autre témoignage
De mon inviolable foy?

O IESVS, mon vnique gloire,
Et l'vnique gloire du Ciel,
Enfeignez, moy comme il faut boire
Du vin-aigre meflé de fiel.

Faites que j'apprenne à vous fuivre,
Que j'apprenne à fuivre vos Loix;
Et faites que j'apprenne à vivre
Comme vous vivez, fur la Croix.

Vous y souffrez la tyrannie,
Les cruautez & le mépris;
Et la plus grande ignominie
Est vôtre Couronne de pris.

Dans l'estat où je vous contemple,
Dans l'estat où je vous ay mis;
Faites, Seigneur, qu'à vôtre exemple,
Ie pardonne à mes ennemis.

STANCES.

BONTE' qui toute autre surpasse,
Source de faveur & de grace,
IESVS divin Astre du jour;
Que j'attache mon crime à l'arbre qui vous porte,
Que vôtre main m'ouvre la porte
D'vn cœur tout penetré d'amour.

C'est là qu'il faut que je demeure,
Et qu'il faut que mon peché meure,
Cette playe est mon seul recours;
Vous m'en donnez, Seigneur, vne si forte envie,
Que j'ayme mieux perdre la vie
Que de n'y loger pas toûjours.

Loin de moy Palais magnifiques,
Superbes Chapiteaux, Portiques,

Monumens de la vanité;
Que vôtre pompe est fiere, & qu'elle est redoutable;
Puis qu'un Dieu choisît une Estable
Pour loger sa divinité.

IESVS, mon Sauveur & mon Maistre,
Vôtre humilité vous fait naistre
Comme le moindre vermisseau;
Vous quittez la splendeur & le sein de la gloire,
Pour une creche obscure & noire
Qui vous sert de riche berceau.

Enseignez moy par vos souffrances
A mépriser les apparences,
D'un bien qui n'est que vanité;
Vous faites voir, Seigneur, par toutes vos bassesses,
Que le vain éclat des richesses
Doit ceder à la pauvreté.

Ie dois souhaitter pour vous plaire,
L'abaissement & la misere,
Plus que tresors & que grandeur:
Ie dois bannir l'orgueil de cette vaine pompe,
Qui parmy sa clarté nous trompe,
Et qui n'est rien qu'une vapeur.

Ne permettez pas que ma veuë
Puisse jamais estre deceuë,
Par des objets d'iniquité;

Eloignez

Eloignez de mon cœur cette flamme insensée,
Qui ne laisse dans la pensée
Que des objets d'impureté.

Empeschez-moy d'estre idolastre
De ces faux visages de plastre,
Où le mensonge est coloré :
Seigneur, deffendez-moy de leurs traits infidelles,
Et que le feu de mes prunelles
N'en soit jamais des-honoré.

Le moindre esclat me peut surprendre,
Et bien-tost me reduire en cendre,
Un trait me peut ouvrir le flanc ;
Mon pauvre cœur est sec, il implore vôtre ayde,
Vous estes son puissant remede,
Arrosez-le de vôtre Sang.

Il n'en faut qu'vne seule goutte
Pour combattre & mettre en déroute
Ces phantômes imperieux :
Helas ! mon doux IESVS, faites que vos lumieres
Desserrent mes foibles paupieres,
Et je n'auray plus mal aux yeux.

Quand cette passion impure
Qui me gesne & me défigure,
Ne me tiendra plus sous sa loy ;

I

Quand par vôtre secours j'auray fait penitence,
Ie vous demande avec instance
Que vous ayez pitié de moy.

STANCES.

S I j'estois asseuré que quelqu'vn eust envie
Sous vn masque d'amy d'attenter sur ma vie,
Je voudrois m'opposer à son lasche dessein:
Comment puis-je souffrir que des desirs infames
Qui sont les seducteurs des ames
Viennent pour me lancer le poignard dans le sein?

Ces importuns tyrans que la molesse inspire
S'efforcent dans mon cœur d'établir leur empire,
Et de s'y conserver vn pouvoir absolu:
Leur insolent projet ne tend qu'à ma ruïne,
Et leur autorité s'obstine
A bien executer ce qu'elle a resolu.

O Dieu mon seul appuy, donnez-moy la puissance,
De si bien reprimer leur injuste licence,
Qu'elle n'attente plus contre ma liberté:
Faites-moy concevoir vne haine mortelle
Contre cette douceur cruelle,
Qui traitte vos bontez avec tant de fierté.

Opposez vos attraits, & l'effort de vos armes,
Aux invisibles traits que décochent leurs charmes,

Faites vn coup de Maiſtre en deffendant mon cœur :
Iamais la volupté n'y trouvera ſa place,
Si par vn ſecours efficace
Vôtre Amour entreprend d'en eſtre le vaincœur.

Ie confeſſe, ô mon Dieu, que je ſuis plus fragile
Qu'vn verre de criſtal, ou qu'vn vaiſſeau d'argile,
Qui d'vn debile choc à peine à ſe ſauver,
Helas ! je ſuis plus foible à la moindre ſecouſſe,
Qu'vn rozeau que le Zephir pouſſe,
Qui ſe voyant à bas ne ſe peut relever.

Apres qu'il vous a plû, mon Seigneur & mon Maiſtre,
De m'oſter du neant, & de me donner l'eſtre ;
Apres qu'il vous a plû de mourir pour nous tous,
Que vous m'avez montré le chemin du Calvaire,
Faites encor, Dieu débonnaire,
Qu'apres l'avoir ſuivy, je me repoſe en vous.

STANCES.

DIVIN Aſtre du Firmament,
Soleil où la grace eſt infuſe,
Decouvre à mon entendement
La fauſſe clarté qui l'abuſe,
Beauté de toutes les beautez
La Reyne, le triomphe, & la beauté premiere,

Fay moy voir aujourd'huy, qu'auprés de ta lumiere,
Tous les autres esclats sont des obscuritez.

Le feu qui ne vient pas de toy
N'est qu'une exhalaison impure,
On peut dire qu'il n'est en soy
Que l'excrément de la nature,
Mais ton feu, Seigneur, est si pur,
Qu'il ne sçauroit souffrir ny mélange ny voiles,
C'est luy qui donne l'estre à toutes les étoilles,
Et qui les fait briller sur ces voûtes d'azur.

Que mon ame soit desormais
Ta retraitte, & ton sanctuaire?
Que ton Esprit y regne en paix,
Et qu'il ait sujet de s'y plaire,
Que je ne donne plus d'encens
Aux infames Autels des vanitez du monde,
O Dieu mon seul espoir, fay que la grace abonde
Où j'ay vû le peché captiver tous mes sens.

La source de mon pauvre cœur
S'en va sterile, & languissante,
Si ton soufle par sa vigueur
N'en fait une source agissante,
Ie ne puis jetter un soûpir,
Si je n'y suis forcé par amour ou par crainte,
Ainsi je fais le bien avec de la contrainte,
Et je ne fais le mal qu'avecque du plaisir.

Que

Que j'ay raison de m'abaisser
Auprés de ta Majesté sainte,
Et que j'ay lieu de confesser
Le mal dont je ressens l'attainte,
Puis que je pleure incessamment,
Et que je reconnois le fardeau qui m'accable,
l'espere que ta main me sera favorable,
Et que tu suspendras ton juste chastiment.

Puis que tu m'as fait concevoir
L'énormité de mon offense,
Puis que j'invoque ton pouvoir,
Seigneur, tu seras ma deffense.
En vain j'aurois pû consentir
Aux secrets mouvemens d'vne bonté si grande,
Si l'abolition que mon cœur te demande,
Du tresor de ta main ne pouvoit pas sortir.

O mon Dieu, je croy qu'à mes vœux
Ta sainte volonté s'accorde,
Quand ta grace fait que je veux,
L'effect suit ta misericorde.
Precieux gage de ma foy,
Ie te donne mon cœur, que veux-tu davantage!
Si j'avois mille cœurs, ils seroient ton partage,
Ie n'en voudrois pas vn qui ne fust tout à toy.

K

STANCES.

SEIGNEVR à qui tout est soûmis,
Que vôtre Clemence est divine!
De donner à vos ennemis
Mille roses pour vn espine.
Quoy que par mon experience
I'admire infiniment l'excez de vos bontez,
Ie ne puis concevoir que vôtre patience
Ait souffert si long-temps de mes iniquitez.

Hé quoy! ne vous lasser jamais
De l'attentat d'vn ver de terre?
Quoy mon Dieu luy donner la paix
Apres vous avoir fait la guerre?
Quoy regarder d'vn œil si doux
Vn traître qui vous hait & qui veut vous déplaire!
Pardonnez-moy, Seigneur, si je suis en colere,
De voir que vos bontez agissent contre vous.

Quoy que je sois le criminel,
I'ose parler contre moy-mesme,
Oüy, quand j'offense l'Eternel
Ie merite vn supplice extresme.
Apres l'énormité du vice,
Et les cruels assauts qu'il a toûjours soufferts,

Il faut que son amour mal-traitte sa Iustice,
De rompre ma prison, & de briser mes fers?

Cœur ingrat peux-tu respirer
Pour vne infame creature?
Ozes-tu bien la preferer
Au seul Maistre de la nature.
Vn Dieu si bon & si clement
Sera-t-il le sujet de ta méconnoissance?
Quoy? tu veux aujourd'huy détruire son essence,
Apres que son amour t'a tiré du neant?

Deteste le cruel dessein
Qui t'obstine dans ta revolte,
I E S V S te presente son sein,
Sa Mort est vn temps de recolte;
Il brûle d'vne sainte envie,
Que le Sang qu'il versa sur l'Arbre de la Croix,
Te fasse meriter vne immortelle vie,
Et que ta volonté t'engage sous ses Loix.

Répons au divin mouvement
De ce doux Sauveur qui t'appelle,
Ce noble & precieux Amant
Ne desire qu'vn cœur fidelle.
Mon ame r'entre en ton deuoir,
Invoque son secours, gemy, pleure, & soûpire,
Tu peux par tes sanglots acheter son Empire,
Sa grace, & ta douleur t'y feront recevoir.

ELEGIE.

IL est vray, mon Sauveur, il faut vaincre ou mourir,
Et reclamer le bras , qui nous peut secourir,
Il faut estre puny d'vne mort eternelle,
Ou secoüer le joug d'vne loy criminelle,
Mais comment triompher de tous les ennemis
A qui l'impieté m'a tant de fois soûmis ?
Ils ont fait à mon cœur vn si cruel outrage,
Que je manque aujourd'huy de force & de courage.
L'empire du peché m'accable sous le faix,
Mon esprit est couvert de nuages espais ;
Mes yeux sont enchantez , ma raison est captive,
Et c'est de mon peché que tout mon mal dérive ;
Oüy , Seigneur , je le dis à ma confusion,
I'ay pris la verité pour vne illusion,
Son esclat innocent ne m'a paru qu'vn songe,
Ses appas qu'vn abus, & sa voix qu'vn mensonge,
Ie ne me suis repû que d'abscynte & de fiel,
Ie les ay preferez à la manne du Ciel.
I'ay fait bien plus de cas d'vne beauté perfide,
D'vn plaisir passager , que d'vn bon-heur solide,
I'ay cherchay la clarté dans l'horreur de la nuit,
Et j'ay voulu trouver le repos dans le bruit ;
Mais j'ay bien éprouvé par vn effet contraire,
Que le monde, & la chair ne peuvent satisfaire,

Et

Et qu'ils s'accordent mal avec l'esprit humain,
Qui ne se peut remplir que d'vn noble dessein,
La terre & sa grandeur sont encor trop petites,
Pour pretendre icy bas luy servir de limites,
Il est fait pour la gloire & pour l'Eternité,
Et Dieu seul est l'objet de sa felicité?
O Seigneur, quand je pense à ces crimes enormes,
Sous qui mon ame a pris tant de diverses formes,
Ie n'oserois parler au Dieu de Majesté,
Que j'ay par mon forfait si souvent detesté,
Il ne m'a pas si-tost rétably dans mon estre,
Qu'il reçoit des baisers d'vn ingrat & d'vn traistre,
Il m'ayme & je le hay, quelle effroyable horreur?
De traitter son amour avec tant de fureur,
Lors qu'il veut en secret entretenir mon ame,
Qu'il pretend l'échauffer d'vne divine flâme,
Ie suis si malheureux qu'au lieu de l'en loüer,
Ie m'efforce en public de le desavoüer,
Au lieu de reconnoistre vne bonté si rare,
Ie perds le sentiment & ma raison s'égare,
De crainte de le voir je me couvre les yeux,
Oüy, de peur de répondre au charme precieux,
Que répand dessus moy sa faveur nompareille,
Ie suis ingenieux à me boucher l'oreille,
Une mortelle peur glace tous mes esprits,
Et je fais le muet de crainte d'estre pris,
Ainsi j'ayme la guerre, ainsi j'ayme ma perte,

L

Et ne puis accepter la paix qui m'eſt offerte,
Ces deſirs violens dont je ſuis combatu
S'arment contre le Ciel & contre la vertu,
Ils oppoſent leur pointe & leur courſe rapide,
A cette pure ardeur, que la charité guide,
Et pour ſe rendre encor plus forts & plus puiſſans,
Ils ſont d'intelligence avecque tous les ſens,
Ils ſuivent le party de ces voluptez moles
De ces laſches plaiſirs dont ils ſont les idoles.
Hé ! comment au travers de cette obſcurité
Pourrois-je voir l'eſclat de la Divinité ?
Comment pourrois-je craindre vne ſublime eſſence,
Dont mon impieté méconnoiſt la puiſſance ;
O Seigneur, ſi tu veux que j'apprenne à t'aymer,
Luis encor à mon ame, & la viens enflammer,
Mais pour la rétablir & rompre ſon obſtacle,
Il faut en ſa faveur faire vn nouveau miracle ;
Il faut rompre le clou qui me tient attaché
Sous le funeſte joug du monde, & du peché.
Dieu de gloire & d'amour viens diſſiper ma crainte,
Viens affranchir mon cœur d'vne injuſte contrainte,
Empeſche le Demon de le tyranniſer,
Oüy, ce cœur eſt vn roc, mais tu le peux briſer,
Tu peux par les efforts de tes amoureux charmes,
Le contraindre à jetter des ſanglots & des larmes ;
Quand il ſeroit encor cent fois plus endurcy,
Quand mes crimes l'auroient encore plus noircy,

Ton sang peut l'amolir, il a le privilege
De le rendre plus pur & plus blanc que la neige,
C'est l'ouvrage d'vn Dieu qui s'exposa pour moy,
A toutes les rigueurs d'vne sanglante loy!
Il ne manque jamais à donner le remede,
Lors qu'avec des souspirs on implore son ayde.
Sur cette confiance, ô mon vnique objet!
Ie viens en qualité d'amant & de sujet,
T'offrir & mes desirs & ma reconnoissance.
Ie fais vœu de t'aymer de toute ma puissance,
Et plûtost que mon cœur manque à ce qu'il pretent,
Que je meure aussi-tost, & je mourray content,
En expirant ainsi ma mort sera suivie
Du bon-heur que produît vne eternelle vie.

STANCES.

Quand pour mieux contempler tes grandeurs eternelles,
Il me seroit permis d'avoir de la clarté,
I'aymerois mieux couper les plumes de mes aisles,
Que d'ozer approcher de ta Divinité,
Il m'est plus doux, Seigneur, de te voir dans tes langes,
Que de voir par dessus tous les trônes des Anges,
Ta Majesté qui brille avec tant de splendeur:
Là je te considere en qualité de Iuge,
Et je te trouve icy mon vnique refuge,
Mon suport & mon Redempteur.

Par les liens ſacrez d'vne amour toute pure,
Par les divins tranſports d'vn feu de charité,
Tu ſçais joindre pour moy l'vne & l'autre nature,
Pour me tirer des fers de ma captivité.
Tu viens ſouffrir le froid, le travail, & la peine,
Qui ſont toûjours vnis à la nature humaine,
Mon peché t'a trahy, ton amour t'a vendu,
C'eſt toy qui fais deſſein de te livrer toy-meſme;
Tu viens pour rétablir par vn ſupplice extreſme
Le ſalut que j'avois perdu.

Comme Eſtre ſouverain qui regle toute choſe,
Tu fais mouvoir le Ciel par de puiſſans reſſors,
Comme Dieu tout benin qui de tous biens diſpoſe,
Tu me combles d'honneur, de gloire & de treſors;
Apres tous les effects d'vne bonté ſi rare,
Où mon eſprit ſe perd, où ma raiſon s'égare,
Puis-je encor eſtre ingrat divin Aſtre du jour?
Puis-je ne brûler pas d'vne ardeur immortelle?
Et pour vne beauté ſi grande & ſi fidelle,
Mon cœur peut-il manquer d'amour?

STANCES.

STANCES.

QVE tu nous fais de grace & de misericorde !
Et que c'est vn effet de ta grande Bonté !
Quand tu ne permets pas que le succez s'accorde,
Aux lasches mouvemens de nostre volonté !
Nous avons si peu de constance,
Si peu de force & de vigueur ;
Qu'aux moindres ennemis qui nous font resistance,
Nous perdons l'esprit & le cœur.

Les appas enchanteurs d'vne beauté mortelle,
Nous remettent au joug qui nous avoit contraint,
Il ne faut bien souvent qu'vne seule étincelle,
Pour r'allumer vn feu qui sembloit estre étaint.
Vn interest de peu de chose,
Nous fait affront & deshonneur,
Et le bien qui nous flate est celuy qui s'oppose
A nôtre solide bon-heur.

Un petit vent qui bruit nous donne des alarmes,
Et nous sommes deçeus par de foibles attraits,
Quand le Ciel nous invite à répandre des larmes,
L'infame volupté nous perce de ses traits,
Dans ce combat l'ame balance
Entre la crainte & le desir,

M

Et comme nôtre esprit est la mesme inconstance,
Il ne sçait ce qu'il doit choisir.

Nous conservons toûjours le déplorable reste,
D'vne rebellion, & d'vn crime fatal,
C'est ce qui fait couler cette source funeste,
Où naissent les desirs qui nous portent au mal.
Hé ! bon Dieu que nôtre nature
Est exposée à d'accidens !
Vn ennemy caché la met à la torture,
Et rend ses malheurs évidens.

Que l'homme est emporté dans son extravagance,
Qu'il est vain, luy qui n'est qu'vn simple vermisseau,
Dieu que cette vertu qui fait son arrogance,
Establît son sejour dans vn foible vaisseau !
Sous le faix du mal il succombe,
Si tu ne luy sers de support,
Si tu ne le soûtiens, ne vois-tu pas qu'il tombe ?
Et qu'il s'en va droit à la mort.

Mais quand il te choisît pour son apuy supresme,
Il entre dans la lice avec ses ennemis,
Quand tu le fais agir, il se combat soy-mesme,
Et n'est jamais si fort qu'alors qu'il t'est soûmis.
Oüy, quand tu luy prestes des armes,
Et que Ton œil guide ses pas,

Quoy qu'il puſt reſiſter au pouvoir de tes charmes,
Pourtant il n'y reſiſte pas.

Seigneur, quand ton amour luy donne de la crainte,
Et qu'il l'aſſujettit ſous tes aymables fers,
C'eſt alors qu'il aquiert vne liberté ſainte,
Et que ſon cœur n'eſt plus eſclave des enfers.
Puiſque nous ſommes ton ouvrage,
Conſerve ce qui t'appartient;
Le plus cruel Demon ne nous peut faire outrage,
Lors que ta grace nous maintient.

STANCES.

PECHEVR ne fais plus reſiſtance
A l'inſpiration qui te veut ſecourir,
Et n'attens pas à faire penitence,
Quand tu ſeras preſt de mourir.
Le Seigneur qui t'eſt favorable,
Veut que tu ſois ſenſible aux graces qu'il te fait,
Quoy qu'il ſoit doux, il eſt inexorable,
Quand on s'obſtine en ſon forfait.

Il parle bas, ouvre l'oreille,
Si ton cœur endurcy pretend d'eſtre touché,
Ne vois-tu pas que ton eſprit ſommeille,
Et que tu dors dans le peché!

Tu dois exciter ta pareſſe,
Et répondre à la voix qui t'appelle aujourd'huy,
Pour mettre bas le fardeau qui te preſſe,
Il faut reclamer ſon apuy.

Mais ſur tout ſers toy de ſon ayde,
Et ne differe pas dans vne autre ſaiſon,
A recevoir le facile remede
Qui doit cauſer ta gueriſon.
Si ta ſtupidité refuſe
Le prompt ſoulagement qu'il offre à ta douleur,
Tu ne pourras jamais trouver d'excuſe,
Qui puiſſe couvrir ton malheur.

Lors qu'il épanche dans ton ame
L'agreable parfum d'vne ſainte liqueur,
Efforce-toy de conſerver la flame
Dont il veut embrazer ton cœur;
Fay que ta volonté s'exerce,
A cultiver ſi bien ces divins mouvemens,
Quelle n'ait plus de funeſte commerce,
Avec tous tes déreglemens.

Pour que ta playe ſoit curable,
Et que de ton orgueil tu ſois bien détaché;
Tiens à ton Dieu, ce diſcours admirable,
O mon doux Sauveur, j'ay peché.

Si tu

Si tu dis avec repentance,
Des mots si penetrans, si pieux, & si saints,
Dans tes soûpirs, & dans ta penitence,
Tes feux impurs seront êtains.

Il faut les dire de bonne heure,
Il faut verser des pleurs, & te frapper le sein,
Lors qu'on attend à soûpirer qu'on meure,
On fait vn criminel dessein;
Ce beau mot que l'amour respecte,
Ne doit pas estre dit par vn dernier effort,
Vne douleur est toûjours bien suspecte,
Qui ne se produît qu'à la mort.

Alors que nostre ame est attainte
D'vn sensible regret dans cette extremité,
Cette douleur est vn effet de crainte,
Plus que de bonne volonté:
Il faut qu'vn saint amour nous touche,
Luy seul a le pouvoir d'expier nos forfaits,
Vn repentir qui n'est que dans la bouche,
Engendre de mauvais effets.

Lors que nostre ame est asservie,
Aux foiblesses d'vn corps qui ne peut respirer,
Nous regrettons la perte de la vie,
Et c'est ce qui nous fait pleurer.

N

Quelle insupportable folie,
De ne se convertir que dans l'extremité?
Qu'on a de peur & de melancholie,
D'envisager l'Eternité!

C'est pour lors qu'vn amas de crimes
A nostre esprit confus s'expose & se fait voir,
Dans cet estat nous sommes les victimes
De la mort & du desespoir.
Ainsi pecheur brize ta chaisne,
Cependant que le Ciel veut escouter ta voix,
Ton cœur est libre, il peut faire le choix,
Ou du repos ou de la gesne.

L'affaire est de telle importance,
Que c'est contre toy-mesme estre trop inhumain,
De differer à faire penitence
Du jour present au lendemain.
Que par vn foible & vain caprice,
Tes sens & ta raison ne soient plus mutinez,
Tu peux encor éviter le supplice,
Qui suit le destin des damnez.

Demande que son œil dissipe
Les nuages épais qui produisent tes maux;
Demande-luy que ton cœur participe,
Aux merites de ses travaux.

Lors qu'il permet qu'on luy demande,
Il donne le repos, la lumiere, & le jour,
Quand son esprit persuade, il commande,
Et ne force que par amour.

Va-t-en de bonne heure à la source,
D'où dérivent les biens & les felicitez,
Et n'attens pas à la fin de ta course,
A pleurer tes iniquitez.
Ce conseil est pur & sublime,
Il n'a rien que de grand & de mysterieux,
Si tu le suis, la grace qui l'anime,
Te fera voir Dieu dans les Cieux.

AVANT LA CONFESSION.

STANCES.

O MERVEILLE qui tout surpasses,
Source & tresor de tous les biens!
Tu vois vn criminel, viens rompre ses liens,
Par le secours de tes divines graces.
Ta bonté me peut reprocher
Que je suis plus dur qu'vn rocher,
De n'estre pas touché de l'horreur de mon crime:
Puis-je fléchir vn Dieu que j'ay tant outragé?

Oüy, Seigneur, tu me peux retirer de l'abyfme
Où je me fuis encor plongé.

   Ta Clemence m'eft affurée,
Pourvû que je te ferve mieux,
Tu ne te laffes point de courir en tous lieux,
Pour ramaffer ta brebis égarée;
Seigneur, tu la vois devant toy,
Plaine d'épouvante & d'effroy,
De fe voir attaquer par vn Loup fanguinaire,
Empefche, s'il te plaift, fon violent effort,
Et viens en qualité de Sauveur debonnaire,
L'ôter des griffes de la mort.

   Si tu ne me fers de retraite,
Je fuis bien-toft à l'abandon,
Seigneur, pour m'accorder vn facile pardon,
Donne à mon ame vne douleur parfaite;
O Dieu de Iuftice & de Paix!
Viens abolir tous mes forfais!
Vien diffiper l'erreur dont mon ame eft feduite,
Et fay que fur les flots d'vn perfide élement,
Quelque Pilote expert par fa bonne conduite,
Me faffe voguer feurement.

   Fay que je quitte fans contrainte
Les vaines douceurs du peché,

Fay

Fay mon doux Redempteur, que j'en fois détaché,
Par ton amour plûtoft que par la crainte:
Fay qu'aprés avoir detefté,
Au trône de ta Majefté,
L'excez de mon orgueil, & de mon ignorance;
J'évite deformais le peril de tomber:
Fay qu'eftant bien inftruit, je fois en affeurance,
De ne pouvoir plus fuccomber.

Fay que ta Bonté paternelle
Me donne vn remors continu,
Et commande à mon œil d'eftre fi retenu,
Que rien que toy ne guide fa prunelle.
Fay que je détourne mes pas
Des embufches & des appas,
Que l'infame peché dreffe pour me furprendre:
Conferve-moy, Seigneur, dans les profperitez,
Et fay qu'en te fervant mon cœur puiffe comprendre
Tes eternelles veritez.

Fay qu'en toy ma feule deffenfe,
Se confondent tous mes defirs;
Fay qu'ayant foûpiré, mes pleurs & mes foûpirs,
Puiffent vn jour effacer mon offenfe.
Quoy que la rage des Enfers
Me tienne captif fous fes fers,
Tu me déferas d'eux & de leur tyranie,

O

Seigneur, quoy que je fois dans vn eftat abjet,
Ie dois tout efperer d'vne grace infinie,
Dont mon crime eft le feul objet.

En efperant je me propofe,
De mourir plûtoft mille fois,
Que de n'obeïr pas à ces divines loix,
Que ta juftice ou ton amour impofe:
Que je t'ayme fi fortement,
Que je ne puiffe eftre vn moment
Sans eftre confumé de ta beauté fuprefme;
O Dieu mon ferme apuy, mon Sauveur & mon Roy!
Ie ne te veux aymer qu'à caufe de toy-mefme,
Et non pas pour l'amour de moy.

Fay que de ta Majefté fainte,
Mon pauvre cœur foit plus efpris,
Qu'il n'a pour les tourmens des malheureux efprits,
D'averfion, de terreur, & de crainte;
Fay que le defir de te voir,
M'engage plus à mon devoir,
Que ne fait la rigueur des eternels fupplices:
Enfin, mon doux IESVS, feul objet de mes vœux,
Fay qu'eftant immortel, je goufte les delices
Que tu donnes aux Bien-heureux.

APRES LA CONFESSION.

STANCES.

MON doux Liberateur, mon aymable *IESVS*,
Que voſtre grace eſt infinie!
De r'entrer dans vn lieu dont le crime & l'abus,
L'avoient injuſtement bannie;
I'eſtois dans vn cachot affreux,
Eſclave du Demon, eſclave de moy-meſme,
Et par vne faveur extreſme,
Vous voulez aujourd'huy que je ſois Bien-heureux.

Vous voulez que mon cœur s'attache auprés de vous,
Avec vne liberté ſainte,
Et qu'il ne ſoit captif ſous des liens ſi doux,
Que par vne libre contrainte:
Helas! qu'il ſeroit criminel,
Si pour vn Dieu ſi grand, & ſi plein de Clemence,
Il manquoit de reconnoiſſance,
Et s'il ne luy rendoit vn hommage eternel.

O Seigneur, animez mon zele & mes deſirs,
D'vn feu qui conſerve ſa flâme!

Et ne rejettez pas les amoureux soußpirs,
D'vn Penitent qui vous reclame :
C'eſt par voſtre vnique Bonté,
Que le roc de mon cœur ſera reduit en poudre,
Et que vous le ferez reſoudre,
A ne retourner plus à ſon iniquité.

Qu'il m'eſt avantageux de mettre entre vos mains
Ma conduite, & mon eſperance !
O mon Dieu qu'il m'eſt doux d'aſſervir mes deſſeins
Aux Loix de voſtre Providence !
En demandant ma gueriſon,
Je me voy delivré d'vn eſtat miſerable,
Et vôtre œil m'eſt ſi fauorable,
Que d'vn regard qu'il jette il force ma priſon.

Seigneur, vous m'obligez à voguer ſur l'azur,
D'vne mer d'amour & de grace,
Le vent qui me conduît, eſt ſi ſaint & ſi pur,
Qu'il cauſe toûjours la bonnaſſe ;
Il ſouffle avec vn ſi bel art,
Qu'il ne permet jamais que ſon onde ſe ride,
Et la nef qui le prend pour guide,
Deſſus cet element ne court point de hazard.

C'eſt vôtre Eſprit, mon Dieu ! qui de ſon mouvement
Produit cette haute merveille,

Sa

Sa vertu dans nos cœurs agist incessamment,
Quand nous dormons, c'est luy qui veille;
Il est toûjours à nos costez :
Il est si liberal, son amour est si grande,
Qu'il fait plus qu'on ne luy demande,
Tant il est bien instruit de nos necessitez.

C'est par vous, ô mon Pere, & mon divin Sauveur,
Que je me veux couvrir de cendre,
Je ne merite pas vne telle faveur,
Et pourtant je l'oze pretendre;
Vôtre Sang me fait esperer,
Qu'il a pour mon salut vne force efficace;
Que mon cœur n'estant plus de glace,
Il doit estre de feu pour vous mieux adorer.

J'estois vn vagabond, je perissois de faim
Au milieu d'vn bourbier infame,
Et maintenant vn Dieu me loge dans son sein,
Et promet de nourrir mon ame :
C'est vn prodigieux effet,
Qu'on ne peut exprimer, si ce n'est par vous-mesme,
Il faut vne Bonté supresme,
Pour aymer les pecheurs d'vn amour si parfait.

Oüy, Seigneur, vous m'aymez, & je n'en puis douter,
Ie sers vn Dieu si débonnaire,

P.

Qu'il s'engage toûjours à me solliciter,
Pour luy declarer ma misere ;
Quand je tombe dans le peché,
Il regarde mon mal, sa Bonté me releve,
Et n'a point avec moy de tréve,
Iusqu'à tant que sa main ne m'en ait détaché.

Il me fait admirer l'esclat de la Vertu,
Il me captive de ses charmes,
Et par des traits d'amour mon cœur est combatu,
Iusqu'à tant qu'il rende les armes.
Il veut qu'on pleure saintement,
Pour avoir preferé l'insolence du vice,
A la douceur de son service,
Qui n'établît jamais qu'un Empire charmant.

C'est ainsi, mon Sauveur, que vous nous prevenez
Par une lumiere brillante ;
Ainsi nous agissons, lors que vous soûtenez
Nôtre foiblesse chancelante ;
Seigneur, mon unique flambeau,
Excitez ma douleur à la perseverance,
Et faites que mon esperance,
Accompagne mon cœur jusques dans le tombeau.

AVANT LA COMMVNION.

ELEGIE.

O DIEV dont la grandeur ſurpaſſe toute choſe,
Dont l'amour infiny de ta grandeur diſpoſe,
Abyſme inconcevable aux Bien-heureux Eſprits,
Qui les comprenant tous n'en peut eſtre compris:
Fay que pour adorer vn Eſtre ſi ſublime,
Ie faſſe de mon cœur vne pure victime:
Fay qu'en reconnoiſſant les biens que tu me faits,
Ie reconnoiſſe auſſi l'horreur de mes forfaits:
Fay que dans les treſors que ta main me déploye,
Ie pleure en meſme temps de douleur & de joye:
Fay qu'en me preparant à faire mon devoir,
Ie diſpoſe mon ame à te bien recevoir.
Pour gagner ton Eſprit avec de puiſſans charmes,
Il ne faut que gemir, & que verſer des larmes;
Ie t'en donne aujourd'huy du profond de mon cœur,
Ie veux que ton amour en ſoit le ſeul vaincœur,
Ie veux qu'il ſoit à toy, je veux qu'il ne reſpire,
Que ſous l'aymable joug de ton divin Empire,
Ie me perds, ô Seigneur, quand je penſe à l'eſtat,
Où mon crime à reduit vn ſi grand Potentat,

Quand je pense qu'vn Dieu s'est pour moy fait passible,
Que pour se rendre aymable, il s'est rendu visible,
Que de peur d'estre craint, il s'est voulu voiler,
Afin que son amour le pût mieux immoler.
O merveilleux effet d'vn amour sans exemple!
Viens loger dans mon cœur, viens y bâtir vn Temple,
Viens aymable IESVS, fortifier ma foy!
Viens esclairer mon ame, & triompher de moy.
Viens mon doux Redempteur nourrir mon esperance,
Viens-t'en la consoler des nuits de ton absence:
Fay, Seigneur, que ta grace & ton humanité,
Que ta vertu, ton ame, & ta divinité
S'vnissent à mon cœur, qu'ils soient sa nourriture,
Par les puissans effets de leur double nature;
Nourry-moy de ce pain, dont l'aliment est tel,
Qu'il fait vivre l'esprit, & le rend immortel,
En me donnant, Seigneur, cette source feconde,
Tu me dégoûteras des vanitez du monde,
Tu me feras chercher des plaisirs eternels;
Tu purgeras mon cœur de desirs criminels,
Et tu le muniras de force & de constance,
Apres l'avoir nourry de ta propre substance,
Change mon ame en toy par tes divins ressors,
Comme ton aliment se change dans mon corps:
Fay que je sois couvert d'vne mortelle glace,
Pour voir à découvert les beautez de ta face:
Fay que je sois rejoint à l'estre de mon bien,

Fay

Fay que tu sois toûjours mon vnique entretien,
Excite mon amour, & te joins à mon ame,
Par des liens sacrez, & des baisers de flâme,
Détache-moy d'icy pour m'attacher à toy :
Fay qu'apres t'avoir vû par les yeux de ma foy,
Mon ame soit portée aux dessus des Estoiles,
Pour y voir ta beauté sans nuage & sans voiles ;
C'est le comble d'honneur & de felicité,
Que me fait esperer ton extrême bonté.

APRES LA COMMVNION.

ELEGIE.

IL est donc vray, mon Dieu, que l'ardeur de ta flâme,
Vient encor échauffer les glaçons de mon ame,
Tu viens perçer mon cœur d'vne fléche d'amour,
Tu veux que ta grandeur y fasse vn long sejour,
Il dépend de toy seul d'y regner à toute heure,
Tu peux t'y conserver vne sainte demeure ;
Tu n'as qu'à le vouloir par des ordres secrets,
L'effet suivra bien-tost tes souverains decrets :
O prodige d'amour ! ô profonde sagesse !
O tresor infiny dont tu me fais largesse,
Tu te donnes pour moi si liberalement,
Que jamais ton pouvoir n'agît plus fortement :

Q

_Q_uoy tu defcens du Ciel pour habiter la terre?
_Q_uoy ton Eſtre infiny dans ce pain ſe r'enſerre?
_T_u transformes mon ame , & tu te joins à moy
_P_ar les liens ſacrez d'vne eternelle foy.
_Q_uoy , tu la fais r'entrer dans ſa fin glorieuſe?
_T_u n'attens pas qu'au Ciel elle ſoit bien-heureuſe ;
_T_u fais ſon Paradis & ſa felicité,
_D_ans vn ſejour de peine , & de mortalité ;
_P_uis qu'il eſt vray, Seigneur, que ta divine Eſſence,
_V_eut demeurer en moy par ſa Toute-puiſſance ;
_P_uis que mon cœur te loge , il prend la liberté
_D_e t'expoſer ſon mal & ſa neceſſité ;
_S_eigneur , j'oſe eſperer d'vne bonté ſi grande,
_Q_u'elle m'accordera ce que je luy demande ;
_N_e me refuſe pas les merveilleux effets,
_Q_ue ton amour produit quand tu donnes la paix :
_F_ay que je ſois brûlé d'vne flâme ſincere,
_E_t qu'eternellement mon ame te revere,
_Q_ue je ceſſe plûtoſt de reſpirer le jour,
_Q_ue de m'aſſujettir aux loix d'vn autre amour.
_L_a grace que j'attens de ta grandeur immenſe,
_E_ſt vn bien qu'elle fait & qu'elle recompenſe ;
_T_u couronnes ton œuvre, & tu produis en nous
_C_e qui fait eſperer de t'avoir pour eſpoux ;
_T_u nous fais travailler par des ſecours propices,
_T_u veux eſtre obligé de payer nos ſervices,
_T_u veux eſtre le prix de tes propres bien-faits,
_E_t que nous reſpondions aux faveurs que tu fais ;

N'est-il pas vray, Seigneur, que ta bonté supresme,
Ne nous peut rien donner de si grand que toy-mesme ?
Par la sainte vnion qui me joint à ta chair,
Par ce flambeau d'amour dont je respire l'air,
Fay que je meure en toy, fay qu'en toy seul je vive,
Et qu'amoureusement ta grace me poursuive :
Fay qu'estant possedé de ses divins appas,
Plein d'ardeur & de foy j'expire entre tes bras.
N'est-il pas vrai, Seigneur, que ta misericorde,
Par des torrens d'amour dans les cœurs se déborde,
Et que tu prens plaisir d'estre sollicité,
Pour nous combler de gloire & de felicité ?
Je te supplie encor, ô mon divin Principe,
Qu'aprés tous ces tresors où mon cœur participe,
Ceux que ta Providence a fait sortir de moy,
Benissent ton saint Nom, & reverent ta loy,
Qu'ils ne suivent jamais cette fatale pompe,
Dont l'esclat enchanteur nous aveugle & nous trompe,
Qu'ils ne soient point espris de ces objets flateurs,
Qui perdent leurs captifs & leurs adorateurs,
Instrui-les, mon Sauveur, à bien dire & bien croire,
Que leur seul interest soit celuy de ta gloire ;
Excite leur courage, & les fay souvenir,
Qu'il n'est rien de si grand que de t'appartenir,
Ne leur impute pas l'iniquité d'vn pere,
Dont l'habitude au mal provoque ta colere ;
Imprime sur leur front cette marque d'honneur,
Qui comble tes enfans d'vn eternel bon-heur :

Fay qu'ils soient reconnus par le feu de leur zele,
Pour estre des Esleus & du party fidele;
Incline ton oreille à mes justes souhaits,
Que ma posterité ne t'offense jamais,
Que nous ne tombions pas dans ce desordre infame,
Qui détruit le salut, & qui fait perir l'ame.
O Dieu de mes desirs, mes vœux seront contens!
Si je puis obtenir les graces que j'attens,
Si ton Nom glorieux, les delices des Anges,
Reçoit dans l'Vniuers de publiques loüanges;
Si nos freres errans dont l'incredulité,
Combat, & ta presence, & ta realité,
Reconnoissent leur faute, & viennent sans feintise,
Pour croire avec respect tout ce que croît l'Eglise.
Conserve, s'il te plaist, vn jeune Potentat,
Qui tient sous ton apuy les resnes de l'Estat;
Beny le sacré nœud qui vuide nos querelles,
Par l'étroitte vnion de deux ames fidelles,
Et qui va rétablir ces Temples démolis,
Où l'on vit arborer, & la Croix, & les Lis:
Fay que d'vn mariage où tant de gloire abonde,
Il sorte des Cesars qui gouvernent le monde,
Et qui forcent encor le perfide Turban,
A quitter le Calvaire, & le fameux Liban:
Seigneur, sauve mon Prince, & luy donne en partage,
L'Empire & les tresors du celeste heritage;
Et comme tu sçais l'art de disposer des cœurs,
Fay nous ceder aux traits de tes charmes vaincœurs.

STANCES.

STANCES.

Rochers, costeaux, valons, à qui j'ay tant de fois
Raconté mes langueurs, & mes peines frivoles,
Echo qui respondiez à ma funeste voix,
Et qui pour m'affliger repetiez mes paroles ;
Vous fustes les témoins d'vn amour criminel,
Et d'vne passion qui m'a fait tant d'outrage,
Mais comme j'ay changé d'objet & de courage,
Vous sçaurez que mon cœur n'est plus qu'à l'Eternel.

Lors que vous entendrez mes soûpirs, & ma plainte,
Ne vous offensez pas de leurs tristes accens ?
Ma douleur vous dira que la cause en est sainte,
Et qu'aussi les effets en sont tous innocens.
Je pleure de regret d'avoir passé mon aage,
Au service d'vn Maistre à qui tout est permis ;
Je me plains que mon cœur ait le desavantage,
De recevoir la loy de tous ses ennemis.

Mes sens ont abuzé de ma foible raison,
Ils se sont revoltez contre leur souveraine ?
Pour faire pis encor ils l'ont mise en prison,
Pouvoient-ils la traiter avecque plus de haine ?
Ie suis le seul coupable, ô Monarque benin !
De mon propre malheur, je veux ourdir la trame,

R

Ie me suis efforcé de détruire mon ame,
Et de l'empoisonner par vn mortel venin.

Mon inclination m'eſt encor plus contraire,
Que ne ſont les Demons qui fabriquent mes fers,
Ie n'ay point icy bas de ſi grand adverſaire,
Mon eſprit la craint plus qu'il ne craint les Enfers?
Seigneur, mon ſeul eſpoir, mon vnique merueille,
Guery mon pauvre cœur, ou m'en donne vn nouveau,
Qu'vn rayon de ton œil m'eſclaire & me réveille,
Et mon ame à l'inſtant ſortira du tombeau.

ELEGIE.

APRES tant de travaux, & de tourmens ſouffers,
Sous le peſant fardeau de mes injuſtes fers,
La grace que j'invoque, ô Sauveur de mon ame!
N'a-t-elle pas encor ſes charmes & ſa flâme,
Pour faire que mon cœur en quittant ſa fierté,
Recouvre auec plaiſir ſa douce liberté.
Seigneur, tout eſt facile à ton pouvoir ſupreſme,
Tu me peux aiſément détacher de moy-meſme;
Tu me peux garantir des ſecrets mouvemens,
Qui cauſent ma diſgrace, & mes déreglemens;
Ie ſuis ingenieux à chercher mon dommage,
I'efface de ma main les traits de ton image,

Ie fais ce que je puis pour violer tes loix,
Et pour aneantir ta puiſſance & tes droits.
Oppoſe-toy, Seigneur, à mes vœux ſacrileges,
Rétably ma raiſon dans tous ſes privileges :
Fay ſucceder la grace à mon aveuglement ;
Fay que ma liberté te pourſuive ardemment !
Fay qu'elle ſoit toûjours captive de tes charmes,
Et que j'arrive à toy par vn chemin de larmes.
Ha ! Seigneur, qu'il eſt doux de reſſentir les traits,
Que lance vne beauté qui ne finit jamais.
Ha ! qu'il eſt doux d'aymer de toute ſa puiſſance,
La gloire & la ſplendeur d'vne divine eſſence ;
Qu'vn cœur eſt infidelle à l'objet de ſon bien,
Qui veut eſtre engagé ſous vn autre lien.
Quand on s'attache à toy par vn nœud volontaire,
Qu'on eſt de ta grandeur le noble tributaire,
Ce titre d'eſclavage eſt plus grand mille fois,
Que la pompe & l'eſclat des plus ſuperbes Rois :
Te plaire & te ſervir eſt regner ſur la terre ;
Tout eſclat hors de toy, n'eſt qu'vn eſclat de verre,
Ce n'eſt qu'vn bois pourry dont la clarté ſeduit,
Ce n'eſt qu'vn petit ver qui brille dans la nuit,
Mais ta clarté, Seigneur, eſt ſi vive & ſi belle,
Qu'elle agît en tous lieux, & qu'elle eſt immortelle,
Puiſque c'eſt le ſeul bien qui me puiſſe toucher,
Fay que mon cœur poſſede vn bien qui m'eſt ſi cher.

E L E G I E.

Era-ce dans l'Efté , dans l'Hyver , dans
     l'Autonne ,
Où bien parmi les fleurs que le Printemps nous donne ,
Qu'il faudra fe refoudre à ne voir plus le jour ,
Et qu'il faudra changer de vie & de fejour :
Eft-ce vn mal de poulmon , vne chaleur brûlante ?
Eft-ce vn venin fecret ? eft-ce vne fiévre lente ?
Qui doivent étouffer tous ces charmans accords ,
Qui font la liaifon de l'ame avec le corps ?
Tant de maux differens ne regnent fur la terre ,
Que pour nous attaquer , & nous faire la guerre ,
Nul ne fçait icy bas par quel genre de mort ,
L'eftre qui regle tout doit terminer fon fort ;
Quoy que nous ignorions , le temps , le jour , & l'heure ,
Qu'il faut abandonner cette trifte demeure ,
Nous fommes affeurez que ce fatal moment ,
Encor qu'il vienne tard , vient toûjours promptement.
L'Ordonnance du Ciel eft vne Loy certaine ,
Qui range à fon devoir l'ame la plus hautaine ;
Le fceptre & la houlette ont vn pareil deftin ,
Des Rois , & des Bergers , la mort fait fon butin :
Il n'eft point de grandeur que fa faux ne moiffonne ,
Et l'aveugle qu'elle eft ne diftingue perfonne.

Tout

Tout ce qui me surprend dans ces effets divers,
N'est pas que nous serons la pasture des vers,
Que la masse du corps à la terre asservie,
Ne pourra plus gouster les douceurs de la vie,
Et qu'estant devenus les hostes malheureux,
D'vn sejour qui n'a rien que d'obscur & d'afreux,
Nous soyons condamnez en perdant toutes choses,
A garder vn tombeau, dont les barrieres closes,
Ne permettent jamais à ceux qu'il a chez soy,
D'en sortir, pour revoir les gages de leur foy.
Perdre ces doux objets qui faisoient nos delices,
Est vn mal au dessus des plus cruels supplices:
Mais tous ces accidens ne sont rien à l'egal,
Des suittes de la mort qui font le plus grand mal.
Conçoy, cher Agathon, ce que c'est que d'vne ame,
Qui par le foible effort d'vne legere flame,
Demeure quelque temps dans sa triste prison,
Et qui conserve encor le sens & la raison;
Considere la peine où la crainte l'abîme,
Au souvenir qu'elle a de l'horreur de son crime,
Et qu'elle va paroistre en ce terrible lieu,
Où l'on voit esclater la justice de Dieu.
Desia sa conscience est son funeste Iuge,
Et rien ne luy sert plus d'appuy, ny de refuge,
Son forfait luy reproche vne infidelité,
Qui doit estre punie avec severité,
Comme cette pauvre ame est toute criminelle,
Qu'elle croit meriter vne peine eternelle,

Elle ſoufre des maux dans ces derniers momens,
Qui deſia des damnez égalent les tourmens.
Paſſe cher Agathon au tribunal ſupreſme,
C'eſt là que tu verras condamner le blaſpheme;
Qui pour avoir agy contre vn Eſtre infiny,
D'vn ſupplice eternel eſt juſtement puny.
Hé ! que deviendrons-nous dans ce jour effroyable,
Pres de la majeſté d'vn Juge impitoyable ?
Pres d'vn Dieu qui pour lors ne ſe plaiſt qu'à tonner,
N'eſtant plus en eſtat de vouloir pardonner.
Amy n'eſperons pas de ſa grandeur immenſe,
Qu'en cette conjonĉture elle vſe de clemence,
Quand l'eſprit eſt encor dans vn tombeau vivant,
Que ſa flâme l'excite & le va pourſuivant,
Que ſon œil le conduît, que ſon amour l'inſpire,
Et qu'il l'aſſujetît à ſon divin Empire;
Quand il veut que ſa grace agiſſe avec effet,
C'eſt la miſericorde & la grace qu'il fait.
Pendant que ſa bonté nous eſt encor propice,
Ne nous engageons pas dedans le precipice,
On ne reſort jamais des cachots tenebreux,
Où l'arbitre du ſort retient les malheureux.
Hé ! Dieu ne faiſons pas dans le temps qui nous reſte,
Une étroite vnion, vne amitié funeſte
Avec ce faux eſclat qui ne luit qu'à deſſein;
De nous porter toûjours la mort dedans le ſein.
Perdons le ſoin de plaire à ces yeux infidelles,
Qui jettent dans les cœurs des flames criminelles,

Evitons ces beautez qui cherchent du poison,
Pour endormir les sens, & troubler la raison,
Enseigne deformais ton vigoureux Genie,
A cultiver plûtost la celeste Uranie,
Que ces Muses qui n'ont ny d'apas ny d'atraits,
Que pour favoriser & l'amour & ses traits.
Ne pare plus tes vers de ce fard sacrilege,
Qui donne à des mortels par un faux privilege,
Ce qu'on ne peut donner, qu'à ce puissant Moteur,
Qui de tout est l'arbitre & le suprême auteur.
Il est jaloux d'un cœur qui donne à des maîtresses,
Ce qu'il a de soûpirs, de vœux & de tendresses,
Comme il merite tout, que tout luy doit ceder,
Ne nous étonnons pas s'il veut tout posseder.
La gloire qui t'engage à porter une espée,
Qu'en des emplois d'honneur elle tient occupée,
Anime ton courage, & t'oblige à choisir
Un sujet qui réponde à ton noble desir;
C'est elle qui t'excite, & qui veut que ta plume,
En faveur des Heros fasse un second volume.
Quand d'un illustre objet quelque docte pinceau,
Fait voir en liberté l'histoire & le tableau,
Tous ces trais délicats que l'œil mortel contemple,
Servent d'enseignement, d'entretien & d'exemple,
Ils nous apprennent l'art de suivre la vertu,
Par un chemin étroit, & qui n'est point bâtu,
Un monde tout entier s'instruit sur le modelle,
Qu'il reçoit d'une plume où d'un crayon fidelle.

O Peintre ingenieux ! fay pour l'Eternité,
Quelque travail qui plaise à la Divinité.
Que ta sçauante main entreprenne vn ouvrage,
Qui marque ta vertu, ton zele & ton courage,
Et lors que ton esprit se voudra divertir,
Qu'il ne parle aux esprits que pour les convertir,
Chasse loin de ton cœur ces matieres indignes,
Qui ne meritent pas la moindre de tes lignes,
Quand tu veux travailler pour vn œil decevant,
Le travail que tu fais est emporté du vent ;
C'est peindre dessus l'onde, & bastir sur le sable,
Que d'avoir pour objet vn objet perissable,
Mais tout ce qu'on escrit pour l'estre Souverain,
Est escrit sur le marbre & gravé sur l'airain :
Ce sont des monumens qui combatent la foudre,
Et qui ne craignent point d'estre reduits en poudre.
Suy donc le haut dessein que tu dois concevoir,
Tu trouveras ta gloire en faisant ton devoir :
Oüy, mon cher Agathon, c'est vn bon-heur extrême,
En instruisant autruy de s'instruire soy-mesme,
Et le plus grand des biens qu'on ne peut exprimer,
Est de chercher en Dieu tout ce qu'on doit aymer.

F I N.

9 782014 439984